엄마의 비밀정원

엄마의
비밀정원

신순화 김미조 지음

나비장책

목 차

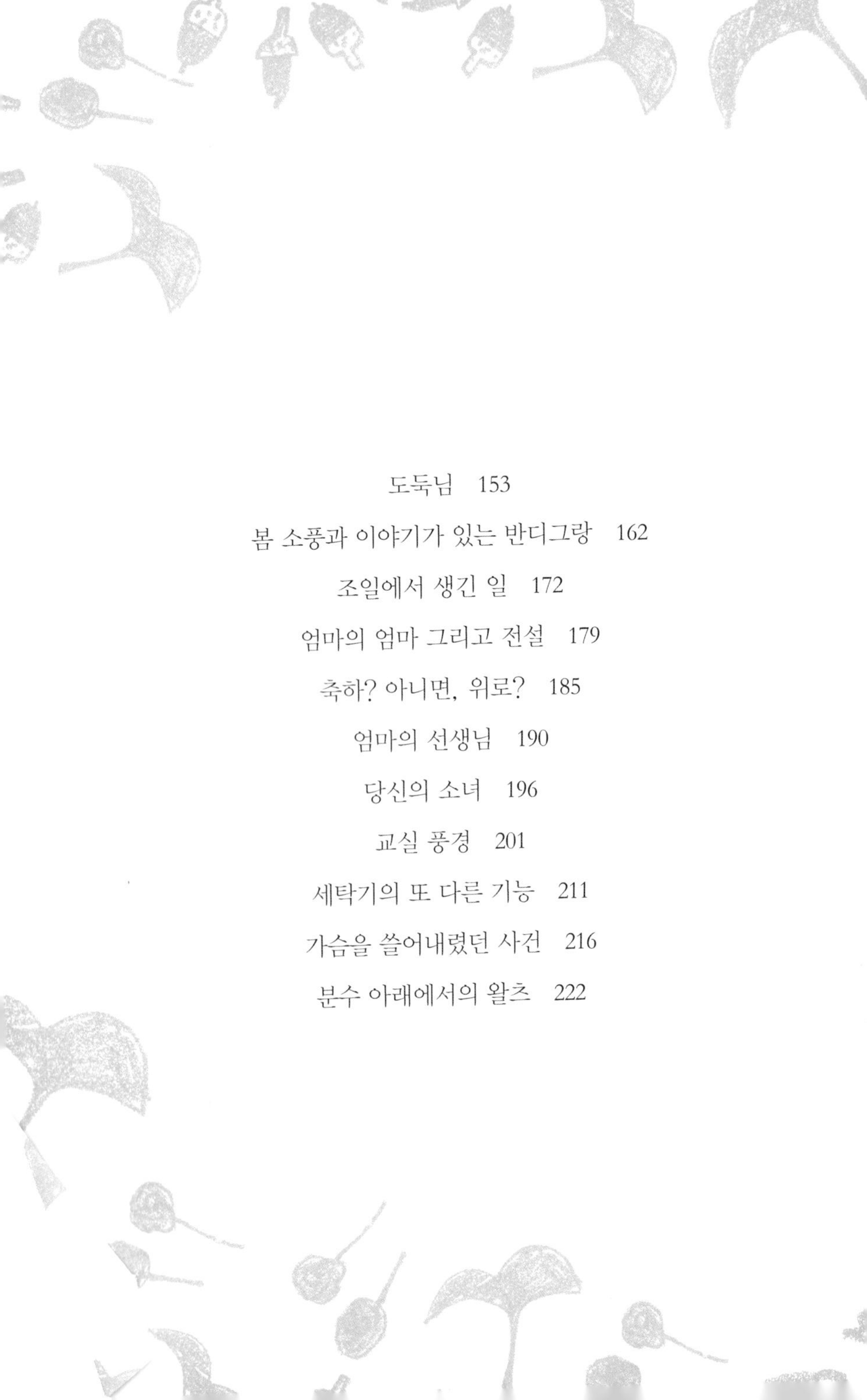

사실 나는
당신을 몰랐어요

초등학교와 집을 사이에 두고 아주 넓은 기찻길이 있었다. 그 위를 가로지르는 구름다리를 건너다보면 멀리서부터 기적이 들리곤 했다. 그럴 때면 어김없이 난간 앞에 꼭 붙어 섰다.

기차가 지나갔다. 구름다리는 여행자의 심장처럼 떨리기 시작했고 나는 객실에 앉은 듯 가벼운 진동을 온몸으로 느꼈다. 그때, 내 시선은 기차보다도 먼저 철길 너머의 세상을 향해 달려가고 있었는지도 모른다.

어디론가 가고 싶었던 것은 아니다. 의심할 여지없이 내 목적지는 집이었고, 구름다리는 집으로 가기 위한 길목이었을 뿐이다. 아주 높고 길지만 어찌되었든 끝이 있는 길. 그 끝에는 우리 동네로 내려가는 계단이 있었다. 계단 마지막 단에서 집까지는 쉬엄쉬엄 걸어도 1분도 채 걸리지 않았다. 그런데도 나는 저 구름다리 아래의 기차보다 빠른 속도로 달렸다.

"어머니!"

아직 엄마의 모습은 보이지 않았다. 하지만 구름다리 아래, 두 번째 골목 첫 번째 집에서 빨래나 설거지를 하고 있을 엄마는 타닥타닥 뛰어오는 내 발소리와 음성만 듣고도 바로 대답해주었다.

"우리 딸, 왔어요?"

뒤이어 부엌문 앞, 골목에 섰다. 부엌문은 늘 열려 있었기에 부엌 앞 골목은 그대로 부엌이었다. 나는 골목에, 엄마는 부엌에 있었지만 우리는 이미 한 공간에서 반나절 동안의 이별을 뒤로하고 만난 것이다.

"오늘은 무슨 재미있는 일이 있었어?"

엄마는 늘 그렇게 물었다. 그리고 나는 엄마가 그 말을 할 것임을 알고 있었다. 엄마에게는 '나의 오늘'을 듣는 것이 가장 중요한 일과처럼 보였기에 그날 내게 일어난 모든 이야기를 참새처럼 조잘거렸다. 친구들과 나눈 대화, 매점에서 먹었던 간식들, 그리고 오늘 하루 내가 무엇을 느끼고 생각했는지까지.

하지만 나는 한 번도 '엄마의 오늘'에 대해 물은 적이 없었다.

엄마는요? 오늘 어떻게 지냈어요?

어릴 땐 어려서 그랬다지만 어른이 되어서도 마찬가지다.

스무 살이 넘은 어느 날, 서울에 올라오느라 부산에 있는 엄마의 일상을 옆에서 지켜보지 못했다. 많은 부모들이 아이들 곁에서 그들이 성장하는 것을 지켜봐줬듯 부모에게도 세월의 흐름과 함께 하나둘씩 놓아야 하는 것들에 대한 상실감을 지켜봐줄 사람이 필요했을 텐데. 정작 나는 엄마의 아이에서 어른이 되어버리자 구름다리 난간에서 기차가 지나가는 순간의 떨림을 느끼는 대신 진짜 기차를 타고 가장 먼 곳으로 달려갈 생각만 했다.

떠나고 싶다, 떠날 거야.

내가 찾고자 하는 무언가는 저 먼 곳 어딘가에 있었다. 그건 결코 엄마의 아이로서 찾을 수 있는 것이 아니었다. 당신의 아이가 성장하고 어른이 되어 당신의 곁을 떠나고 싶어 한다는 것을 알았을 때, 그리고 실제로 당신의 곁을 떠났을 때, 당신의 마음이 어떠하리라는 걸 헤아릴 여유가 내게는 없었다. 이미 내 마음은 그곳에 있지 않았고, 내 시선은 어딘지도 알 수 없는 먼 곳만 좇았으니까. 심지어 나는 엄마를 속속들이 알고 있다는 어이없는 착각에 빠져 있기까지 했다.

그런데 나는, 엄마를 알까?

엄마가 어떤 사람인지, 정말 궁금해한 적이 있었을까.

엄마는 늘 엄마였을 뿐이다. 그리고 나는 아주 당연하게 엄마가 주는 것을 받기만 하면 되었다. 내가 알고 있는 것은 엄마의 평범한 일상과 우리 형제에게 온전히 주었던 사랑뿐이라는 걸 몰랐다. 친구들의 속내는 알아도 엄마의 속내는 모른다는 것도 몰랐다. 친구들의 고민은 들어도 엄마의 고민은 들은 적이 없다는 것도 몰랐다. 누군가를 이해하기 위해서는 적어도 그 사람의 깊은 속내를, 욕망을, 고민은 알고 있어야 한다는 것을 깨달았을 때조차 나는 엄마가 어떤 사람인지 진실로 궁금해한 적이 없었다.

우리 선생님 도움으로 여기에 글을 올리게 되어 기분이 참 좋다. 우리 선생님은 나의 막내딸인데 이렇게 인터넷을 하도록 도와주어 컴맹을 면하는 동시에 이렇게 블로그에 글을 쓸 수도 있게 해줘 여간 고마운 게 아니다.

엄마는 58세가 되던 해에 블로그를 개설했다. 전부터 여동생에게 자판 치는 법을 비롯해 컴퓨터의 기본, 인터넷 활용법 등을 배우고 있는 건 알고 있었지만 엄마의 블로그 개설 소식은 전혀 뜻밖의 일이었다.

엄마에게도 엄마의 놀이터가 하나 생겼구나.

전화로 소식을 들었을 때 처음 든 생각은 그랬다. 우리 엄마가 즐겁게 시간을 보낼 공간이 하나 생긴 거라고. 그리고 그날 저녁, 나는 내 블로그의 문을 닫았다.

엄마를
엿보다

오랜 시간을 엄마의 시선 밖에 있었다. 부산과 서울이라는 물리적 거리는 엄마가 더 이상 나를 볼 수 없게 만들었다. 이따금 부산에 내려가 엄마를 만나거나, 전화로 서로의 안부를 묻곤 했지만 어렸을 때처럼 모든 이야기를 종알거리던 엄마의 아이는 사라지고 없었다.

어른이 되어 독립해서 살고 있는 사람, 그것이 엄마의 품을 훌쩍 떠난 아이의 실체다. 그런 나에게 또 다시 엄마의 시선이 비집고 들어설 틈이 생겨버린 것이다. 엄마의 블로그는 우연찮게도 내 블로그가 있는 포털사이트에 적을 두고 있었기에 자연스럽게 이웃을 맺을 수밖에 없었고, 이웃을 맺는다는 건 내가 엄마에게 선별해 들려주는 말 이상의 것을 엄마가 읽을 수 있음을 의미했다.

블로그에 간간이 글을 올리기는 했어도 딱히 사적인 이야기를 쓰지는 않았다. 당연히 속내를 올린 적도 없었다. 그런데도 엄마가 그 글들을 읽는 게 내키지 않았다. 심지어 낯선 이들조차 스스럼없이 읽을 수 있는 그 평범한 이야기들을 엄마에게만큼은 보이고 싶지 않았다.

나에게 블로그는 인스턴트식품 같은 거였다. 중요하지도 않고 의미도 없는 것. 가끔 허기가 졌을 때 별수 없이 맛없게나마 배를 채우는 것에 불과했다. 하지만 엄마의 블로그는 달랐다. 엄마의 블로그는 엄마의 대나무숲이었다. 소소한 일상에서 느낀 것들을 표현할 수 있는 유일한 공간이었으며, 당신이 살고 있는 작은 집을 벗어나 세상으로 나올 수 있는 특별한 공간이기도 했다.

늦잠을 자 수원지에 가기가 어중간하다. 그러고 보니 어제 저녁에는 샤워도 안 하고 잤네. 어제 저녁에 에어컨을 켜놓고 시원하게 컴퓨터에서 고스톱을 하다 그냥 잔 것 같다. 몇 시에 잤는지도 모르겠네. 지금이라도 샤워 좀 하고 가게에 나가야지. 어제 땀도 많이 흘렸는데. 다른 사람이 그랬다면 '참 더러운 사람도 다 있다'고 생각했을 거다. 어느 책에서 봤는데, 남을 대할 때는 봄바람 불듯 하고 나를 대할 때는 눈바람 불듯 하라고 하더라. 맞는 말인데, 정말 맞는 말인데 나는 항상 나에게는 관대하지.

'나에게는 관대하지.'

몹시 솔직하게 자신을 드러낸 이 문장이 아니어도 엄마의 성품이 꽤 솔직하다는 것은 지난 며칠 간의 글을 통해 눈치채고 있었다. 글은 그 사람이 어떤 사람인지를 잘 보여준다. 아무리 스스로를 꾸미려 해도 문장에는 그 사람의 내면이 드러나게 마련이다. 그리고 그 며칠 동안 엄마의 블로그가 당신의 딸인 내게 어떠한 의미를 가지게 되었는지도 깨달아버렸다.

엄마를 읽고 있다.

블로그에 올린 엄마의 글이 아니었다면 엄마가 솔직하다느니 그렇지 않다느니 따위의 생각 같은 건 하지 않았을 것이다. 엄마라는 존재는 굳이 그런 판단까지 하며 볼 이유가 없는 사람이었으니까. 세상의 수많은 엄마들이 그렇듯 우리 엄마 역시 자식들에게 사랑이란 사랑은 다 퍼주었고, 그 사랑에는 솔직한가 아닌가 따위의 가치판단이 끼어들 여지가 없었다. 그런데 이제는 우리 형제들의 엄마가 아닌 한 사람으로서의 엄마가 보이기 시작한 것이다. 그리고 알게 되었다.

내가 알고 있는 엄마는 엄마로서의 엄마였을 뿐이구나.

누가 세차게 뒤통수를 치기라도 한 듯 멍해졌다. 어째서 나는 가장 궁금해야 했던 존재를 외면하고 있었던 것일까. 태어나서 스무 살까지 엄마 옆에 있었지만 엄마를 알지 못했고, 엄마를 떠나서도 엄마에 대해 궁금해하지 않았다. 나는 엄마를 외롭게 만드는 사람 중 한 명이었다. 가장 가까이 있어야 하는 존재지만 가장 멀게 느껴지는 존재로 당신을 어렵게 만들었을 뿐 아니라 당신이 어떤 생각을 하는지 도통 관심을 보이지 않는 딸이었다.

어쩌면 그래서 엄마는 스스로 당신에 대한 이야기를 하기 시작한 것인지도 모르겠다.

내 아이들아, 내가 어떤 사람인지 보물찾기 놀이를 하듯 찾아봐. 이 블로그에서.

나와 엄마의 보물찾기는 그렇게 시작되었다.

새벽에 어린이 대공원 주차장 쪽에는 사람이 많이 다니지 도 않고 은행나무에 열매도 많이 달려서 바람 부는 날에는 은행이 떨어진다. 오늘은 아침에 일찍 일어나긴 했는데 컴퓨터 고스톱을 치다가 5분 늦게, 주차장 쪽으로 갔더니, 어느 아주머니가 은행을 줍고 있다.
세상에. 한 백 개는 될 것 같이 많이 떨어져 있는데 내가 가니까 아주머니의 손놀림이 몹시 빨라진다. 아무래도 내가 맘에 걸리는 모양이다. 나는 앞에서 가고, 뒤에는 어떤 할머니가 다가오면서, 은행은 냄새가 많이 난다면서도 줍는다. 참 재미있겠다는 생각을 하면서 주워줄까 하다가 그냥 지나쳤다.
그 아주머니, 내가 주울까봐 걱정을 좀 했을 것이다. 오늘은 장갑도 끼었겠다, 호주머니가 큰 점퍼도 입었으니 내가 먼저 보았더라면 주웠을 것이다.
잠시 지나간 일이 생각난다. 그러니까, 지난 3일이었다. 신평에서 조일 가는 길에 꿀밤나무 한 그루가 있는데 누군가 그 밑에 자갈을 깔아두었다. 꿀밤이 떨어지면 줍기가 참 수월하게 생긴 곳을 발견하고는 버스를 타지 않고 걸어갔다. 그 꿀밤을 주우려고.

한참 줍고 있는데 어떤 아주머니가 내가 줍는데 와서 꿀밤을 줍는다. 나는 은행 줍는 아주머니처럼 손놀림이 빨라지면서 '내가 줍는데 왜 저렇게 줍는가?' 하고 생각했다. 그런데 그 아주머니가 주운 꿀밤을 내게 준다.

오늘 아침 그 생각을 하면서 '사람 마음이 거기서 거기구나' 했다. 그때 나는 참 머쓱하고, 욕심 많은 내 마음을 어쩌나하고 생각할수록 부끄러웠는데, 은행 줍는 아주머니를 보니 '나만 그런 생각하면서 사는 것은 아니구나' 싶었다.

또 한 가지 생각난다. 내가 어렸을 때다. 그 시절에는 동네 아주머니들이 산나물을 캐러 산에 많이 갔는데 어떤 아주머니는 고침(고비)이 군락지를 발견하면 가지고 간 나물 보자기를 고침이 위에다 깔아버리곤 했다. 같이 간 사람이 보면 다 캘까 싶어 혼자서 캐려고 그랬단다.

부산에서는 제사 나물로 고사리도 사용하지만, 동부 경남 쪽에서는 고사리는 제사에 못쓰는 것으로 알고 언제나 고침이 나물만 제사상에 올린다. 고사리와 고침이가 비슷하듯 욕심은 성냄과 어리석음을 같이 데리고 다닌다.

문이 없는 철물점,
건망증표 계란,
깨어진 수박

아버지가 돌아가신 후 엄마는 다섯 평 남짓한 철물점을 고스란히 이어받았다. 철물점과 집은 30미터 정도 떨어진 가까운 거리라서 전부터 엄마는 간간이 아버지를 도와 가게를 보았다. 아버지가 편찮으신 뒤로는 아예 엄마가 운영을 도맡았다. 그러니 엄마가 아버지의 철물점을 이어받는 것은 자연스러운 일이었다.

부전 시장 언저리에 있는 40여 년의 역사를 가진 철물점에서 아버지는 30년 이상을 보냈다. 그런데도 아버지의 일상이 답답했을 거라는 생각은 들지 않는다. 철물점엔 따로 문이 없었다. 그냥 셔터를 올리고 내리는 것으로 철물점과 길을 구분 지었다.

그러니까 밤새 좁은 공간이었던 철물점은 셔터를 올린 그 시간부터 밖과 연결되는 넓은 공간으로 변했다. 그곳에 있으면 그날 바람이 어떤지, 햇볕은 또 어떤지 시시때때로 느낄 수 있었고, 주변이 온통 수십 년 관계를 맺은 이웃들로 넘쳐 심심할 틈도 없었다. 엄마가 들어선 공간은 그러한 곳이었다. 그리고 나는 여전히 철물점 집 첫째 딸로 있을 수 있었다.

그 동네에 속해 있을 때는 몰랐다. 가까이 연탄 공장이 있어 늘 석탄가루가 풀풀거렸고, 부전 시장 언저리에 있어 부산스러웠으며, 부산의 중심지인 서면으로 가는 길목에 위치한 탓에 길이면서도 동네인 것 같은 그 작고 초라한 동네가 사실은 절대로 버릴 수 없는 '나'의 가장 근원적인 이미지를 형성하고 있다는 것을. 살면서 가지게 되는 질문과 해답, 살아가야 하는 명목 등 모든 것은 높은 철학 위에 있는 것이 아니라 태어나고 자라는 데 20년을 보냈던 그 오래되고 낡은 동네에서 비롯되었다는 것을. 바로 그 때문에 동네와 철물점은 내가 가지고 있는 또 다른 공간이었다.

엄마는 아버지의 자리에 있었지만 아버지처럼 철물점을 운영하지는 않았다. 말 그대로 무늬만 철물점이 되어버린 그곳은 엄마에게 놀이터이자 동네 사랑방이었다. 그리고 가끔 우연찮은 즐거움을 누리는 공간이기도 했다.

가게 앞 찻길에서 수박이 떨어져 깨어지는 사고가 일어났다. 우리 가게는 부전 시장 입구여서 새벽부터 아침까지 소매상들이 물건을 사러 온다. 오늘 아침, 과일 가게에서 손수레에 수박을 싣고 배달하는 청년이 수박을 엉성하게 실었던 모양이다. 우리 가게 앞에서 수박 두 개가 떨어지면서 차도에 발갛게 널브러졌다. 청년은 배달할 수박 수레를 끌고 가고, 널브러진 수박을 바라보고 있던 어떤 아저씨가 쪼개진 수박 두 조각을 주워간다. 나머지 두 조각은 내가 주웠다. 방금 내가 보는데서 떨어져서 상하지도 않았고, 발갛게 잘 익은 것이 달기도 하다.

한 조각은 내가 먹으려고 냉장고에 넣어두고 다른 한 조각은 희정이 어머니를 줬다. 희정이 어머니는 수박이 크기도 하다면서, 달고 맛도 괜찮다고 한다. '날씨가 더우니까 수박 값도 껑충 뛰었다'는 사람들의 푸념을 들어서인지 횡재했다는 생각까지 하면서 재미있어 했다. 과일 집 청년이 아까워하겠구나 하는 것은 애당초 생각도 안 하고 깨어진 수박을 줍는 재미가 여간 좋은 것이 아니다.

그러고 보면 내 마음이 예쁜 마음은 아닌 것 같다. 가끔 '파' 같은 것이 떨어지면 주워서 주인을 주기도 하지만 수박은 깨지니까 상품의 가치도 없고 자동차가 지나가면 그냥 버리게 된다. 어쨌든 오늘 저녁에 에어컨 켜 놓고 아침에 냉장고에 넣어둔 시원한 수박을 먹는 신선놀음에 재미있어 했다. 그러면 안 되는 것 같기도 하지만.

시장이 문을 열기 전인 이른 아침엔 가게 앞 일방통행로에 온갖 물건들을 배송하는 차들이 들어차 주차장을 방불케 하고, 그 주변에는 거미줄처럼 얽힌 시장으로 물건을 나르기 위해 손수레를 끌고 가는 사람들이 종종 눈에 띈다. 손수레에 가득 실린 과일이나 채소만 보고도 계절을 느낄 수 있을 뿐만 아니라, 그 계절에 어떤 물건이 잘 팔리고, 안 팔리는지도 가늠할 수 있다. 그러던 어느 날, 청년이 끌고 가던 수레에서 수박이 두 통이나 떨어졌다. 태양열을 받아 달아오른 검은 아스팔트 위에 빨갛게 속살을 드러낸 채, 뒹굴고 있는 수박은 엄마에게 소소한 기쁨을 주었다. 그것도 약간의 죄의식까지 덤으로 딸려와 조금은 스릴감이 넘치는. 이러한 종류의 즐거움은 슈퍼에서 물건을 사는 것과는 다르게 이야깃거리가 되기도 한다. 계절이 지나 겨울이 되어서도 엄마에게는 이 같은 이야깃거리가 끊이지 않았다.

누가 나만큼이나 건망증이 심한가 보다. 그저께 아침에

우리 가게 앞에 계란 두 판이 얌전히 놓여 있더니 이틀이 지나도 가져가지 않는다. 시장 보러 온 사람들이 우리 가게 앞에 자가용을 주차하기도 하는데 다른 반찬거리를 차에 넣은 후 계란은 잊어버린 모양이다. 종일 그 자리에 그대로 두어도 가져가는 사람이 없어 저녁 때 가게 문 닫으면서 우리 가게 안에 넣어두었다. 그런데 어제도 가져가는 사람이 없었고 계란에 대해 누가 묻지도 않는다. 사실은 계란을 찾으러 오지 않았으면 하는 속마음을 눈치 채기라도 했는지 아무도 오지 않았다.

어제 저녁에는 이웃 가게인 일광냉동에서 한 판을 가지고 내가 한 판을 가지기로 했다. 비오는 날에 우리 집 물건을 사러온 손님이 우산을 잊어버리고 가는 경우는 있어도 계란을 흘리고 가는 사람은 처음이다. 계란 한 판 30개는 돈으로 치면 3,600원 정도다. 얼마 안 되지만 주웠다는 사실이 재미있다.

요 며칠 사이 추워서 그나마 나라도 먹게 되었지만, 여름에 하루 종일 그곳에 있었다면 아무도 먹지 못했을 것이다. 올 겨울은 삼한사온도 없는지 일주일 내내 춥다.

우리 시동생이 갖다 놓았다고 생각하여 먹은 만두 도시락도 누가 가져다 두었는지 모르겠다. 큰시동생, 작은시동생에게 전화로 물어보아도 아니라고 한다. 만두는 어제 아침에 따뜻하게 데워 다 먹고 없는데 누가 가져다 두었는지 여태껏 모르고 있다.

덩그러니 놓여 있는 달걀 두 판을 주인이 가져가기를 기다리면서도 한편으로는 주인이 찾지 않았으면 좋겠다고 생각하는 엄마의 모습이 그려진다. 철물점을 등지고 파란 간이 의자에 앉아서는 길가를 기웃거릴 수도 있을 것이다. 아니면, 길 앞 이 차선 도로 건너편에서 분주하게 오가는 사람들을 눈여겨보고 있을 수도 있다. 곧잘 찾아오는 단골손님들과 이런저런 이야기를 나누기도 하고, 옆 가게 쌀집 아주머니와 삶은 고구마나 옥수수를 나누어 먹기도 할 것이다. 그러는 와중에도 종종 철물점 앞에 가지런히 놓인 두 판의 달걀을 힐끔힐끔 보았을지도 모르겠다. 결국 달걀 두 판은 주인을 찾지 못하고 엄마와 일광냉동 아주머니의 차지가 되었다. 그렇게 겨울의 끄트머리에서 엄마는 달걀 한 판을 공짜로 얻을 수 있었다.

기억하고 있다.

부전 시장에 어둠이 내리고 더 이상 찾아오는 이들이 없어지면 상인들은 생채기가 난 상품을 이웃에게 나눠주거나 아주 싼 가격에 넘기기도 했다. 주로 과일, 채소가 많았지만 그 외의 물건들도 있었다.

부산에서 가장 큰 시장, 한때는 부산의 모든 가게의 물건이 부전 시장에서 나온다는 말이 있을 정도로 없는 게 없는 시장통에 살았으니 어려웠던 시절조차 먹거리 하나만큼은 풍족했다.

지금도 부전 시장은 부산에서도 가장 크고 넓은 재래시장의 자리를 굳건히 지키고 있다. 그리고 그곳에는 밤새 내린 함박눈에 들떠했던 그때처럼 생각지도 못한 달걀 한 판에 기뻐하는 엄마가 있다.

일광상회 앞에는 트럭 전체가 하얀 눈이 덮인 채로 서 있다. 트럭 주인의 집이 응달이었나 보다. 전날 내린 눈이 그대로인 걸 보니. 101년 만에 내린 눈이라는데 눈사람 한 번 안 만들어본 것이 못내 서운했다.

'이참에 저 트럭에 쌓인 눈으로 눈사람을 만들어보자.'

아직 훼손되지 않은 눈으로 일광상회 아주머니와 눈사람을 만들었다.

눈썹은 파로, 눈은 숯이 없는 관계로 커다란 작두콩으로, 코와 입은 풋고추로 만든 후, 작두콩으로 배꼽까지 만들었다. 눈이 내린 즉시 만들었다면 둥글게 굴리며 만들었겠지만, 하루를 넘긴데다 차에 쌓인 눈이라 손으로 뭉치고, 또 뭉친 것을 갖다 붙이는 식으로 만들었다. 완성하고 옆에서 보니 눈사람이라기보다 곰 같이 생겼다. 그래도 보는 사람들이 '얼굴이 잘 생겼다'고 한다.

어제 내린 눈이 오늘까지 깨끗하게 유지되어 이렇게 내 앞에 있는 것은 더 나이 들기 전에 눈사람을 한번 만들어 보라는 뜻일 게다.

저녁때가 되니 포근한 날씨를 이기지 못한 눈사람이 한 쪽으로 쓰러져 버렸다. 덩치로 봐서는 내일까지 갈 것도 같더니만. 시간이 지날수록 힘이 없어지는 눈사람처럼 우리 사람들도 나이가 들면 힘이 없어져 언젠가는 서서히 사라지게 될 것이다.

고백하자면, 어머니. 저는 이제껏 눈사람을 한 번도 만들어본 적이 없어요. 제가 부산에서 살 땐 눈사람을 만들 정도로 많은 눈이 내린 것을 본 적이 없었고, 서울로 왔을 땐 아주 많은 눈이 내리면 신림동의 언덕길을 어떻게 내려가나 걱정부터 했으니까요.

눈사람을 만들 때 손이 시리지는 않던가요? 눈과 코, 입술이 생겼을 때 말을 시킬 것 같지는 않던가요?

이번 겨울, 눈이 내리면 저도 어머니처럼 밖으로 뛰쳐나가 아무도 밟지 않은 흰 눈을 열심히 굴려볼까봐요. 옆에서 보면 곰처럼 생겼지만 나름 잘생겼다는 소리를 들을 수 있는 눈사람 하나를 만들어볼까 봐요.

오만 것이 다 있는
숲 속 오솔길

엄마의 블로그 제목은 〈숲 속 오솔길〉이다.

숲 속 오솔길?

한적하면서도 비밀스러운 구석이 있는 이 제목을 보았을 때, 가장 먼저 떠오른 이미지는 골목이었다. 좁은 골목 안으로 낯선 사람이 발을 디디면 그 길이 어디로 이어져 있는지 몰라 아주 잠깐 망설일 수도 있을 것이다. 골목은 따닥따닥 붙은 집들로 만들어진 공간이기에 항상 그늘지고 어딘지 모르게 어둡다.

골목을 따라 이어진 하늘이 서늘한 기운을 뿜어내고 있을 때면, 불현듯 길을 잘못 들었을지도 모른다는 불안감과 정체를 알 수 없는 두려움을 가지게 될지도 모르겠다. 그런데 만약 낯선 누군가가 우리 집이 있는 골목에 들어섰다면 그런 두려움은 금방 사라질 것이다. 골목 초입에서 봤을 땐 길고 좁은 골목이 구불구불 이어진 것 같지만 몇 발짝 걷지 않아 곧 알게 될 것이다. 막다른 골목의 끝에는 철대문만이 있다는 사실을.

길지 않은 골목, 그 끝이 바로 드러나는 골목이지만 어릴 때 이후로 나는 그 안쪽으로 들어가본 적이 없다. 골목의 가장 바깥쪽에 있는 우리 집이 출발지이고 목적지였기에 더 깊숙이 들어설 이유가 없어서다. 하지만 어릴 때만 해도 우리 동네뿐 아니라 옆 동네 골목까지, 골목이란 골목은 다 헤집으며 다녔다. 어떤 골목 앞에서는 꽤나 기대감을 가지고, 유달리 그늘진 어떤 골목 앞에서는 두려움을 느끼며.

지금도 나에게 골목은 숲 속의 오솔길처럼 비밀스러운 구석을 간직한 공간이다. 너무나 많은 이야기들을 품고 있을 것 같은 골목을 마주할 때마다 나는 그 골목의 입장에서는 아주 낯선 사람이 되어 기웃거리곤 한다. 도심 속에 살고 있는 내게 골목은 숲 속의 다람쥐가 호기심을 보이는 우거진 수풀이었으니.

그런데 엄마는 진짜 오솔길을 찾아다니고 있다. 부미령 고개로 올라가는 숲 속 오솔길을 이웃과 함께, 또는 혼자 오르내리며 나무와 곤충, 시냇물을 본다. 어느 날 엄마는 한 오솔길에다 〈숲 속 오솔길〉이라는 이름도 지어주었다. 그리고 그 이름과 똑같은 블로그를 개설한 후, 틈만 나면 오솔길에 올라가 그곳에서 보고 듣고 느낀 점을 글로 풀었다.

한번은 이웃이 "형님은 혼자서도 산에 잘 가네요"라고 물은 적이 있다. 그러자 엄마는 "혼자서도 잘 놀아"라고 대답했다. 갈 때는 혼자지만 그곳에 가면 오만것이 다 있다고.

1. 처음 가 본 오솔길, 처음 찾은 찬물 샘

오후 4시에 수원지 산에 올라가 3시간 동안 산속을 걸었다. 오늘도 익지 않은 도토리가지가 꺾어져 널브러져 있다. 도무지 누구의 짓인지 몰랐는데 오늘 함께 간 희정이 어머니가 '범인은 매미'라고 가르쳐주었다. 희정이 아버지가 라디오에서 곤충학자가 나와 하는 이야기를 들었다고 한다. 뜻밖에도 매미가 그렇게 한다는 말을 듣고 한마디로 놀랐다. 매미는 9년 또는 12년을 땅속에서 굼벵이로 살다 허물을 벗고 매미가 되어서는 일주일밖에 못 사는 것으로 알고 있었는데, 아니, 그것도 믿지 못하겠는데 매미가 도토리나무를 잘라 버린다는 것은 정말 경이롭다. 곤충학자는 매미가 알을 놓기 위하여 나무를 고르느라고 그러는데 그 행동이 자연 가지치기가 되어 더 좋다고 했단다.

오늘 오솔길은 내가 한 번도 안 가본 길이다. 가는 곳마다 경치가 몹시 좋아 이런 곳이 우리 부산 진구에 있었나 싶다. 찬물 샘도 오늘 처음 와 보았는데 그 주위 공기도 시원하다. 지리산의 얼음골이 그렇게 시원하다는데 찬물 샘도 거기 못지않은 것 같다. 한여름이 거의 다 가는 시점이라 그런지도 모르겠지만 어쨌든 오늘 나는 그렇게 느꼈다. 얼음골 같다고.

그렇게 산에 취하여 돌아다니다 집에 오니 배가 고파 국수 한 그릇을 뚝딱 먹고는 떡볶이까지 1인분 먹어 치웠다. 어제 내가 알고 있는 스님은 다이어트에 성공하여 날씬하니 살이 빠져 전보다 훨씬 더 젊어 보였다. 내가 못 알아 볼 정도였다. 비결은 달리기를 많이 하는 것이란다. 맞아. 달리기도 많이 하고 밥은 적게 먹어야 하는데. 나는 무엇이든 많이 먹는 게 흠이다.

2. 작은 나무들이 사각거리며 이야기한다

혼자서 수원지에 갔다. 만남의 숲으로 가면서 예쁜 독버섯을 구경하다보니 '개구쟁이 스머프'라는 만화가 생각난다. 만화에 나오는 버섯이 아마도 독버섯이었을 것이다. 식용버섯은 개미와 지네가 가만두지 않거든. 지난번 에 지네 한 마리가 갓버섯 속에 떡 하니 자리 잡고 있어 얼마나 놀랐는지. 개미 떼는 기본이다.

혼자서 그렇게 놀며 갓버섯 한 족을 땄고, 도토리 다섯 개와 은행을 두 개 주웠다. 어둑어둑한 길을 돌아오는데 조금 무섭다는 생각을 했다. 다른 날 같으면 곳곳에 가로등이 켜져 있어 무섭다는 생각을 하지 않는데 오늘은 어느 순간 나 혼자만 걷고 있고, 별스럽게 바람이 스산하게 불어 낙엽이 떨어지고, 키 작은 나뭇잎들과 갈대들이 사각거리면서 얘기하는 소리가 들린다. 거의 한 시간을 혼자 걷다보니 담 테스트를 하는 기분이다.

심지어는 입구에 있는 묘지를 발견하고 무척이나 반가웠다. 그 묘지를 보기 전까지만 해도 길을 잃었나 했다. 묘지를 기준으로 거의 다 왔다는 안도감이 들었다.

3. 숲 속 오솔길

만덕고개로 가는 등산로를 오르다보면 참으로 운치 있는 통나무계단을 아주 재미있게 걷게 된다. 수원지 산 만디(산 위)에는 만남의 숲이 있다. 이곳은 사통팔달이다. 만덕고개, 당감동, 백양산, 금정산, 남문, 금정산성, 범어사 등 부산 시내 어느 곳이든 다 이어진다.

만남의 숲에는 의자가 곳곳에 설치되어 있다. 의자에 앉아 한 시간 동안 책을 읽었다. 머리와 정신이 맑아져 독서하기엔 좋았지만 들고 간 남방을 한 개 더 입고도 온몸에 찬 기운이 느껴져 할 수 없이 일어났다. 다음에는 도시락을 준비하고, 등산복을 입고 와야 할 것 같다.
부미령 고개를 넘을 때는 예전 생각이 많이 났다. 날씨가 흐린 날에는 지렁이가 많이 기어 나왔다. 인기척에 돌아보면 지렁이를 키대로 물고 나무 위로 날아가는 새들을 목격하곤 했었다.
예쁜 소리로 재잘대는 산새들의 노랫소리가 즐겁다. 딱따구리의 따다다다 하는 소리도 들렸다. 산새 두 마리가 앉아 있는 모습을 카메라에 담았는데 시꺼멓게 나와서 보이지 않는다.
혼자 다니면 조금은 외롭다는 생각도 들지만 내 맘대로 사진도 찍고, 의자에 앉아 책도 보고, 구경도 마음껏 할 수 있어 좋다.
내 블로그 이름인 〈숲 속 오솔길〉의 동기가 된 숲 속 오솔길도 돌아보았다.
집을 나설 때는 민방위 훈련을 알리는 요란한 사이렌 소리가 배웅을 하더니 돌아올 때는 눈썹달이 마중을 한다.

4. 다른 오솔길도 참 예쁘네

오늘 등산은 다른 오솔길로 갔다. 그러니까 내가 다니던 오솔길 속의 오솔길이라고 하면 거의 맞는 말인 것 같다. 숲 속인데 잔잔한 나무들이 많고 길도 좁아 풍경이 아기자기하니 예뻤다. 조그마한 개울도 건너고, 시원한 산속물로 세수도 했다. 아마도 이런 기분으로 산을 찾는가 보다. 시원한 샘물을 한 컵 마시며, '그래, 이 맛이야' 하고 혼자 감탄하며 부지런을 떤 보람이 있다고 생각했다.

산을 내려오다 나이든 할아버지 한 분을 만났는데 참 보기가 좋았다. '나도 저만치(저처럼) 늙으면 저 정도는 되어야 할 텐데…… 건강하여 산에도 다니고 내려오는 길엔 친구와 당근즙 한 잔쯤 사먹을 정도는 되어야 할 텐데…….'라는 생각을 해보았다.

5. 수원지

정말 오랜만에 성지곡 수원지에 산행을 했다. 만수정에서 만남의 숲 쪽으로 가는데, 석천도 그렇고 만수정 약수도 아주 조금씩 나온다. 만남의 숲 아래에 있는 이름 없는 약수터에는 아예 약수가 한 방울도 안 나온다. 겨울이라서 앙상하게 마른 나뭇가지 사이로 숲 속 오솔길이 훤히 다 보였다.

대공원 입구에서는 할머니가 팔고 있는 군밤 한 봉지를 샀다. 오후 3시인데 나에게 처음 파는 거란다. 하루 종일 쪼그리고 앉아 있었을 터인데 이 시간에 첫 손님이라니. 불경기가 할머니의 군밤 장사에도 오는 모양이다.

수원지가 훤히 내려다보이는 전망대에 앉아 이웃사촌이랑 군밤을 반씩 나누어 먹고, 부미령으로 내려와서는 옥천 약수터에서 훌라후프를 약 5분간 돌린 후 약수 한 바가지를 시원하게 마셨다. 이래서 수원지가 좋다.

이웃사촌은 약수를 페트병 세 개에 받았다. 나는 페트병을 한 개도 안 가지고 갔다. 이제는 생수 욕심을 내려놓고 편안하게 산행만 할 생각이었다. 그런데 집에 올 때 이웃사촌은 기어이 배낭에 지고 온 생수 한 병을 내게 준다. 이렇게 되면 나중에는 내가 또 배낭을 메고 와야 한다. 혼자만 변하려고 해도 안 되는 것 같다. 우리 아이들은 산행할 때, 제발 생수 받을 생각은 하지 말라고 했는데…….

해가 짧은 가을부터 산행을 안 한 것 같다. 5시에 가게 문을 내리고 수원지에 가면 어둠이 아주 빨리 밀려와서 산에 가기가 좀 그렇다. 날마다는 아니어도 일요일엔 산행을 해야 했는데 날이 추우니 꼼짝하기가 싫어서 겨울잠을 자고, 오늘 오랜만에 찾아왔더니 무언가 많이 낯설다.

우선 대공원 입구에 걸려 있는 호랑이 그림이 없어지고 화장실이 철거되었다. 이쪽으로 가면 호랑이 얼굴이 나를 따라 바라보고, 저쪽으로 가면 또 호랑이 얼굴이 따라오는 것 같아서, 그곳에 이르면 한 번씩 왔다 갔다 하면서 동심을 키워보기도 했는데 없으니 무척 서운하다. 호랑이 그림이 붙어 있던 자리에는 동물원을 새로 짓는데 기대해 보라는 포스터가 붙어 있다. 아마도 서울 대공원 사파리처럼 만들 모양이다.

화장실은 새로 짓는다니 기대가 된다. 나는 화장실이 크고 깨끗한 것이 동물원을 잘 만드는 것보다 훨씬 맘에 든다.

엄마의 블로그 〈숲 속 오솔길〉에는 오솔길에 관한 이야기만도 한 보따리다. 오솔길, 다른 오솔길, 또 다른 오솔길, 오솔길 속 오솔길을 찾아다니는 엄마는 호기심 많은 소녀 같다. 오래전 우리 형제들의 엄마가 되기 전에도 엄마는 이처럼 호기심 많은 소녀였을 것이다. 하지만 엄마와 아버지의 결혼사진에 우리 형제들이 없었던 것처럼 내 기억 속에는 소녀였던 엄마의 모습이 없다. 다만, 내가 나이가 들며 알게 된 사실 하나는, 세월이 늙게 하는 것은 그저 껍질 같은 신체뿐이더라. 어른이 되면 정신도 마음도 절로 어른이 될 줄 알았는데 내 속의 소녀는 여전히 내 안에서 호기심 어린 눈으로 세상을 보고 있었고, 마음과 달리 점점 기력이 달리는 내 신체에 당혹스러워하더라.

엄마는 나보다 훨씬 오래전부터 그랬을 것이다.

결혼을 하고 아이를 낳고 키우는 동안 흘러가버린 시간은 어느 사이엔가 당신을 노년의 언덕 위에 올려놓았다. 하지만 엄마는 알고 있었을 것이다. 시나브로 높아지는 노년의 언덕길에 서 있는 건 단지 신체뿐이라는 것을. 저 아랫길에 있는 마음은 아직도 소녀의 형상을 한 채 '오만 것이 다 있는' 세상을 여전히 호기심 어린 눈으로 기웃거리고 싶어 한다는 것을 말이다.

엄마의 '숲 속 오솔길'에는 막다른 골목이 없기를.

때로 성질 급한 어둠이 엄마의 발걸음을 재촉하더라도, 아무쪼록 엄마의 오솔길은 내내 많은 비밀을 담고 엄마를 기다리기를. 피오나 공주가 되어버린 호기심 많은 소녀를, 내 엄마를.

삼형제의
입맛대로

고향집에 갈 때마다 책장엔 새 책이 한두 권, 혹은 전집으로 꽂혀 있는 것을 보게 된다. 그 책들은 나나 남동생, 여동생이 각자의 취향에 맞게 엄마에게 보낸 것이다. 서로가 어떤 책을 보냈는지 모르고 있다가 고향집에 가서야 그것을 구경하고는 내게 없는 책이면 서울로 올라오기 전에 읽는 경우도 있다.

그러던 어느 날이다. 엄마의 블로그에 독후감이 올라와 있었다.

우리 큰딸이 준 중국작가 '위화'의 장편소설 《살아간다는 것》을 읽었다.

서복귀라는 노인이 젊은 시절부터 살아온 이야기다. 그는 백석지기 부농의 도련님이었지만 기생놀음으로 재산을 탕진하고 용이라는 인물의 사기놀음에 재산을 빼앗기기까지 한다. 모든 것을 잃은 복귀는 소작인이 되어 열심히 노력하면서 살았다. 한편 토지개혁으로 공산당에게 재산을 뺏기지 않으려던 용이는 결국 죽임을 당하고 말았다. 그는 죽는 순간에 "복귀. 너 대신 내가 죽는구나"라고 절규했는데, 서복귀는 그 절규를 들으며 '재산을 탕진하기를 잘했다. 조상 묘를 잘 썼다'고 생각했다.

서복귀의 아들은 유경, 딸은 봉하, 사위는 이희, 외손자는 고근, 부인은 가진인데, 모두 안타까운 사연으로 그보다 앞서 죽고 말았다. 그렇게 힘든 인생을 산 그는 도축 직전의 늙은 소 한 마리를 돈 주고 사서 구해주고는 밭을 갈게 했다. 그리고 소가 늦장을 부리면 이렇게 고함을 질렀다.

"이희야, 유경아. 게으름피우면 안 돼. 가진과 봉하는 잘하는구나. 고근아. 너도 잘한다."

지나가던 사람이 노인의 행동이 하도 이상해 물었다.

"할아버지, 이 소는 이름이 몇 개나 됩니까?"

노인은 이 소는 이름이 복귀라고 했다. 그러자 그 사람은 "그런데 이름을 몇 개나 부르시지 않았습니까?" 하고 다시 물었다. 노인은 늙은 소를 보고 "너 엿듣지 마! 고개 숙여" 하고 당부를 한 뒤 목소리를 낮추며 말했다.

"소가 자기만 밭을 가는 줄 알까 봐, 몇 개의 이름을 불러 소를 속인 것이오. 다른 소도 밭을 갈고 있다고 알면 신이 날 것이고, 그러면 밭가는 일도 힘이 날 것이 아니겠소."

사랑하는 처와 자식을 앞서 보내놓고 노인으로 늙어가는 동안 억장이 무너지는 슬픔을 숱하게 겪지만 작가는 소설을 살아가는 이야기가 아닌, 살아온 이야기를 회상하는 형식으로 써서 보면서도 슬프다는 느낌보다는 인간적인, 너무나 인간적인 정이 깔려 있어 감동을 더 많이 받았다.

그 뒤로도 엄마는 곧잘 독서 감상문을 블로그에 올리곤 했다. 덕분에 나는 예전에는 몰랐던 엄마의 독서 취향을 엿볼 수 있었다. 엄마는 감성적이고 현학적인 소설보다 줄거리가 탄탄하게 전개되는 이야기를 좋아했다. 또한 좀 어렵긴 해도 당신 삶에 적용할 수 있는 문구가 있는 철학책도 즐겨 읽었다. 그뿐만이 아니다. 엄마는 자연을 주제로 담은 시조에 때때로 감동을 받기도 했고, 열여덟 권이나 되는 《영웅문》을 여섯 번이나 읽는 기록도 세웠다.

한번은 이렇게 물은 적이 있다.

"어떻게 이 많은 책을 다 읽었어요?"

"시간이 많아."

철물점에 하루 종일 앉아 있어도 손님이 많지 않으니 그 시간엔 무조건 책을 읽는다는 것이다. 하지만 그게 다가 아니란 걸 나는 안다. 엄마의 손을 잡고 간 서점에서 우리 형제들이 자신의 입맛에 따라 구입했던 책은 아동용 도서였지만 엄마는 그것을 아주 재미있게 읽었다. 내가 중·고등학교를 다닐 때, 학교 도서관에서 빌려온 책을 엄마가 읽고는 뒷 내용이 궁금하다며 서점에 가 후속편을 직접 사온 적도 있다. 이토록 독서를 좋아하는 사람을 외조부모께서는 왜 공부를 시키지 않았을까.

1947년생. 버스도 들어가지 못하는 시골 마을에서 위로 오빠가 하나 있는 다섯 남매의 장녀로 태어난 엄마는 초등학교만 마치고 집안 살림을 돌보았더랬다.

겨우 열네 살이었던 아이는 얼마나 공부를 하고 싶었을까. 얼마나 많은 꿈을 꾸었을까. 그런데도 모든 것이 자신에게는 주어지지 않을 일이라는 것을 알았을 때 그 마음은 또 얼마나 쓰렸을까.

하도 순해서 순둥이로 불릴 만큼 순한 아이였던 엄마는 반항 한번 해보지도 않았다. 하고 싶지도 않았을 것이다. 끼니 걱정을 해야만 하는 집안에서 큰딸의 역할이란 공부가 아니라 부모님의 근심을 덜어주는 것이었을 테니.

외조부모님이라고 마음이 편하지는 않았을 것이다. 당신들의 딸을 상급학교에 진학시키지 못한 그 마음이 오죽했을까.

그럼에도 나는 그분들이 어떻게든 엄마를 공부 시켰더라면 좋았을 걸 하는 아쉬움을 숨길 수가 없다. 그 당시 집안 형편이 어떠했든 상관없이 말이다. 그때 나는 존재하지도 않았고, 당연히 그분들의 삶에 대해선 아는 게 별로 없다. 그저 시골소녀였던 엄마가 꿈조차 꾸지 못했던 현실을 짐작해 볼 뿐이다. 조금만 잘사는 집에서 태어났더라면, 조금만 늦게 태어났더라면, 우리 엄마, 적어도 꿈이라도 키워봤을 텐데. 그것이 무엇이든 간에.

그래서일 것이다. 〈숲 속 오솔길〉이 생긴지 2년이 다 되어 가는 어느 날, 엄마의 중학교 입학 소식을 아주 당연하게 받아들였던 이유는.

우리 엄마는 중학생

"중학교에 입학한다."

수화기 너머, 엄마는 수줍게 단 한마디만 했다. 자세한 사정은 그날 밤 엄마의 글을 읽고 나서야 알았다. 엄마는 동사무소에 갔다가 부경 중학교에서 야간반 중학생 입학 모집 공고를 봤다고 한다. 꽤 오랫동안 고민하다 결국엔 1시간 30분이나 걸리는 학교까지 가서 입학원서를 냈으며, 며칠 후 입학 허락 통지서까지 받았다. 하지만 그 모든 과정은 '중학교에 입학한다'는 간결한 소식 뒤에 숨어 있었을 뿐이다.

"잘했어, 잘했어요. 엄마."

환호성을 질렀던 것도 같다. 마치 오랫동안 기다리고 있던 소식을 듣게 된 양, 단 1초의 망설임도 없는 즉각적인 반응이었다. 그날 밤 나는 어김없이 엄마의 블로그를 찾았다. 엄마의 짧은 말 이면에 감춰져 있을 감정이 몹시 궁금했다.

나이에 맞게 학교에 다닐 때는 학교를 다녀야 되는데 나는 그렇게 하지를 못했다. 초등학교에 다닐 때엔 월사금(회비)을 내지 않는다고 선생님이 십 리길이나 되는 집까지 가서 월사금을 가지고 오라고 한 적이 한두 번이 아니다. 당연지사 상급학교는 꿈도 못 꾸던 세월 속에서 살았다. 언젠가 초등학교 친구들이 모인 자리에서 내가 회비를 못내 그런 일이 있었다고 했더니 다른 친구도 한마디씩 거든다. 그 시절 안 그런 사람이 어디 있는 줄 아느냐고. 나만 그런 줄 알았더니 그렇지 않았나 보다. 옛날이야기는 이쯤 해두고.

나는 오늘 중학생이 되었다. 부경 여자 중·고등학교 중등부의 신입생 소집일에 다녀왔고, 오늘은 입학식이 있는 날이다. 난생처음 스쿨버스를 타고 학교 운동장까지 가는 즐거움도 한몫했다. 하루 4시간씩 수업을 하고, 2년 만에 졸업하는 시스템이다.

이 나이에 무슨 중학교냐고 하면 할 말은 없다. 중학교 안 다녀도 삼남매 다 잘 키웠고, 시부모님 슬하에서 시집도 30년 살았다. 흔히들 고생한 사람들을 "산전수전 다 겪었다"고들 하던데, 나는 '산전수전' 같은 고생까지는 안 한 것 같다. 친정 부모 형제가 남부럽지 않게 있고, 시부모님에다 남편의 형제도 많아서 외롭지도 않았고, 실연한 적도 없고, 이혼한 경험도 없고, 남편도 나도 초혼이고, 결혼생활도 무난했다. 그러나 이 나이에 중학생이 되는 것은 분명 보통 일은 아닌 것 같다. 하지만 꿈을 가져본다. 하다가 힘들면 도중하차 할지도 모르고, 또 건강이 문제가 될 수도 있겠지만 계속 공부해보련다.

아! 그보다 국어 문법을 정확하게 배워야겠다. 글을 더 잘 쓰기 위해서라도.

우리 아들, 며느리, 두 딸, 손녀님. 이 나이에 중학교에 다니는 어머니, 할머니를 축하해주세요.

엄마가 입학한 학교는 부산 사하구 장림동에 있는 부경 여자 중·고등학교다. 오전반과 오후반이 있는데 엄마가 속한 반은 오후반이다. 오후반의 수업은 오후 6시에 시작해 저녁 9시에 끝난다고 한다. 수업 시간은 40분이고 쉬는 시간은 5분이다. 중학교 정규 과정을 하루 4교시 수업으로 2년 만에 끝내야 하기 때문에 여느 학교와 달리 짧은 방학만 주어진다고 한다.

중학교를 졸업하려면 꽤나 촘촘하게 짜여 있는 수업을 다 들어야 한다. 그런데 집에서 학교까지 가는 길이 만만치 않다는 게 문제다. 집에서 서면역까지 걸어가는 시간만도 15분이다. 신평역까지 가서는 15분에 한 대씩밖에 다니지 않는 마을버스로 갈아타야 한다. 넉넉잡고 1시간 30분은 족히 걸린다. 주 5일이나 그 먼 길을 다녀야 하는 엄마의 노고가 여간 걱정스러운 것이 아니다.

"괜찮다. 내가 좋아서 하는 일인데."

학교의 위치를 알고 길이 멀어 어떻게 하냐고 했더니 엄마는 밝은 목소리로 이렇게 말씀하셨다.

좋아서 하는 일.

엄마가 좋아서 하는 일.

사실 이처럼 좋은 말이 어디 있을까. 살다 보니 세상에는 '좋아서 하는 일'이라는 게 그다지 많지 않다는 것을 저절로 알게 되더라. 그런데 우리 엄마는 지금 학교를 다닐 수 있어 좋다고 한다.

"그러면 되는 거죠. 어머니가 좋으면 저도 좋아요."

3월 3일은 나에게 역사적인 중학교 입학식이 있는 날이었다. 강당에서 입학식을 하는데 재학생 축사에서 재학생이 이런 말을 했다. '교실에서 배우고 신발신기도 전에 다 잊어버려도 학교생활이 좋다.'

모든 식이 끝나고 1학년 4반 교실로 갔다. 우리 담임 선생님께서는 사회 과목을 담당하시는데 아주 많이 젊으신 데다 인상도 좋다.

이제껏 집단생활을 해본 적이 없어 걱정이다. 아무래도 급우와 잘 지내야 무난히 졸업을 할 것 같은데 걱정이 앞선다. 또, 교통도 만만치가 않다. 지하철역에서 마을버스를 갈아타고 가야 되니 끝까지 잘 다닐 수 있을까 의문이다.

하여 블로그에는 물론 내가 몸담고 있는 모든 모임에다 학교 다닌다고 선전을 하는 이유 중 하나는 내가 약속을 지키기 위한 방편이기도 하다. 아무도 모르게 다니다 싫증나고 힘들어지면 그만 다니게 될까봐 아예 소문을 내어버렸다.

오늘은 셋째 동서에게 중학교에 간다고 했더니 놀란다.

"아니, 형님. 중학교 안 나왔어요? 형님은 고등학교 나왔다고 해도 곧이들을 것 같은데요."

책 읽기를 좋아하는데다 아는 한문이 많아서 그런지 동서는 깜빡 속고 있었나 보다. 하기야, 내 입으로 먼저 초등학교만 졸업했다고 말한 적이 없으니 그럴 만도 하다.

엄마의
첫 수업

마을버스에서 내리자마자 뛰어서 교실까지 가니 6시 8분이다. 숨이 들숨 날숨이고 얼굴은 붉어지고 있다. 첫 등교부터 지각을 한 셈이다.

오늘은 교과서를 받았다. 주간학생은 지난 금요일에 받았지만 야간은 오늘 받는다고 한다. 교과서를 나누어주시면서 영어 선생님은 이렇게 말씀하신다.

“지난 금요일에 주간 학생들에게 교과서를 나눠줬는데 다른 책은 다 사물함에 넣어두고 영어책 한 권만 가져간 학생에게서 전화가 왔습니다. 그 학생 말이 영어책을 보니 도저히 어려워서 배워볼 용기가 안 나니 학교 못 다니겠다고 하더군요. 하지만 오늘 보니 그 학생이 나와 있더군요."

방금 나도 영어책을 펴놓고 보니 정말 장난이 아니다. 몇 장은 그런대로 더듬거리면서 읽을 것 같기도 했다. 우리 막내 선생님에게 영어를 배운 경험이 있어 조금은 알 것도 같지만 책장을 넘길수록 머리가 아파 눈이 핑 돌 것 같다. 그런데 선생님께선 이런 말씀도 곁들인다.

"그 학생이 수학책까지 가져갔으면 정말 못 다니겠다고 했을지도 모릅니다."

그러면서 결석하지 않고 설명만 잘 들으면 2학년 때엔 1학년 때 배운 걸 알아보게 된단다. 또, 서두르지 않고 여러 번 읽고, 선생님 말씀을 잘 들으면 배워진다고 하신다. 쉽게 배우고, 빨리 익히는 방법은 없으니 교과서를 꾸준히 열심히 여러 번 읽으라는 말을 반복하신다.

오늘 받은 책은 국어, 영어, 수학, 도덕, 과학, 사회, 사회과 부도, 음악, 체육으로 모두 아홉 권이다. 그런데 이 책들이 다 무료란다. 이 나이에 의무교육을 다 받다니. 정말 재미있다. 그래도 역시 언제 다 이 책을 배울 수 있을까 걱정이긴 하다.

첫날이라 그런지 각 시간마다 들어오신 선생님들은 수업 외에도 많은 이야기들을 들려주셨다. 그중 가장 인상적인 이야기는 '성인 반도 이제 몇 해 안 가면 없어질 것이다'라는 국어 선생님의 말씀이시다. 지난 몇 년 동안 우리 학교에서 많은 학생들을 졸업시켰지만 매년 입학생이 줄어들고 있다는 것이다. 그러면서 지금 입학한 것이 참으로 행운이라고 하신다. 입학식에서도 그런 말을 들었는데 정말 기회가 있을 때 결석하지 않고 열심히 다녀야겠다.

등교 첫날, 엄마의 글이 올라오기를 가슴을 졸이고 기다렸다. 학교에는 잘 갔는지, 친구들과는 잘 지내는지 궁금했다. 혹시라도 나이가 많다고 따돌림을 당하면 어쩌나 싶기까지 했다. 엄마가 어련히 알아서 잘할까 생각하면서도 말이다.

둘째 날은 좀 더 여유를 가지고 엄마의 글을 기다렸다. 엄마의 학교생활을 엿볼 수 있는 기쁨을 만끽하면서. 아니나 다를까, 엄마의 글이 밤늦은 시간에 올라왔다. 그것도 '재미있는 학교생활'이라는 상큼한 제목으로.

어제보다 20분 일찍 나가 크게 지각은 안 했지만 운동장에 들어선 게 6시 정각이다. 교실에선 선생님께서 이미 출석을 부르고 있었다. 그나마 내 이름을 부를 때 내가 대답을 할 수 있어 다행이었다.

첫 시간은 우리 담임 선생님께서 하시는 사회 시간인데 서류를 제출하느라고 책은 펼쳐보지도 못했다. 학교에선 통신문을 보내 호적등본, 초등학교 졸업증명서, 사진 6장, 도장을 준비하라 했고, 신입생 소집일과 입학식에서도 기회가 있을 때마다 이야기 하는 것을 들었다. 그 준비물을 어제 모두 거뒀는데 안 가지고 온 학생이 있어 오늘도 그 서류를 거둔다고 한 시간을 소비했다.

황금 같은 사회수업은 그냥 보내고, 국어 시간에는 소설을 읽는 재미에 대하여 국어 선생님께서 이야기해주셨다. 재미가 있어야 되고, 교훈이 들어있어야 좋은 소설이라고 할 수 있다는 이야기와 그밖에 등등…….

수학 시간도 아직까지 어렵지 않았다. 오늘은 자연수, 배수, 공배수, 집합을 배웠다. 그렇게 어렵지는 않지만 며칠 두고 보면 알겠지. 잊어버렸나 안 잊어버렸나. 다음 시간에 봐야 알 것 같다.

도덕 시간은 -이 나이에 도덕씩이나 배우는 것이 좀 웃기는 것 같기도 하다. 어느 과목은 안 그럴까마는- 도덕이라기보다 선생님의 철학적인 이야기가 더 재미있었다.

도덕 시간을 끝으로 오늘 수업을 다 마치고 사물함에다

책을 넣었다. 아직 모든 과목이 첫 수업이라 별로 어렵지 는 않았지만, 한 단원씩 지나면 점점 더 어려워지리라 짐작이 된다. 정신 똑바로 차리고 잘 듣고 배워야지. 모르면 더 어려워져 공부에 취미가 없어지고 학교 가기가 싫어질까 나는 두렵다.

수업 전날 저녁이면 야무지게 계획표를 세우고 마음도 다졌는데, 언제 잠들었는지도 모르게 잠들어 아침에 눈을 뜨고서는 어젯밤 정말 열심히 계획표만 작성했다는 것을 깨달은 적이 한두 번이 아니었다. 그렇다고 자책을 하지는 않았다.

오늘 공부하면 되지. 어제 못한 것까지.

대책 없는 낙관이 때때로 나를 속이더라도 혹은 엄마까지 속이는 일이 되더라도 어렸을 때의 나는 내일과 내일 모레, 그다음 날에도 공부할 시간은 충분히 있다고 믿었다. 아니, 좀 더 정확하게는 학생으로서 공부해야 하는 나날이 몹시 많이 남아 있는 것에 질려 있었다. 도대체 이 좁은 교실에 가두어 두고 뭘 하라는 거야? 새벽에 등교하고 밤늦은 시간에 하교하는 것이 가당키나 한가? 봄과 여름, 가을과 겨울의 저 아름다운 풍경들을 만끽하지도 못하고 좁은 교실에 앉아 내 인생에선 결코 필요 없을 것 같은 공식들을 외우는 게. 내가 읽고 싶은 책은 도서관에 있고, 내가 알고 싶은 세상은 학교 너머에 있는데, 어째서 나는 여기서 숨죽이고 있을까. 유난히 잡생각이 많아 수업 시간에 집중을 하지 못했던 나는, 그래서 썩 공부를 잘하는 학생은 되지 못했다.

그런데 우리 엄마는 '학교 가기가 싫어질까' 두렵다고 한다. 학교에 가기 싫은 것도 아니고, 학교를 다니는 게 몹시 좋은데 못 가는 것도 아니다. 공부가 어려워져 학교 가는 게 싫어질까 두렵단다. 학창시절의 나로서는 상상도 못할 일이다.

흔히들 말하지요. 학교는 인생의 축소판이라고.
흔히들 말하지요. 학교에서 배울 수 없는 게 인생이라고.
이미 저 칼날 같은 시간을 견디어내며 살아왔던 당신에게
학교는 무엇인가요?
뒤늦게 교실에 앉게 된 당신의 마음은 어떤 것인가요?
인생의 확장판에서 되돌아서서 인생의 축소판으로 들어선
당신은 무엇을 찾고자 하는 건가요?

엄마,
힘내요

좋은 성적을 받지는 못했지만 그 때문에 야단을 맞은 기억은 없다. 우수하다 못해 탁월하다는 평이 아깝지 않을 정도로 공부를 잘했던 동생들에게 기죽지 않게끔 배려하는 것 이상으로 엄마는 성적 문제로 나를 닦달하지는 않았다.

내가 원하는 게 있으면 그렇게 할 수 있도록 도와줬을 뿐, 당신이 원하는 것을 요구하거나 강요한 적은 없었다. 그러니까 엄마는 공부에 별 관심이 없는 나를 있는 그대로 받아들였다. 당시에는 몹시 당연한 일이라 여겼던 엄마의 교육법이 사실은 생각만큼 쉬운 일이 아니란 걸 어른이 되고서야 알았다.

우리 형제들은 야단을 맞은 일도 거의 없었다. 우리들이 잘해서라기보다 아이들의 성향을 이해한 엄마가 굳이 자신의 입맛에 맞게 아이들을 바꾸려고 강요하지 않았기 때문이다. 엄마 입장에서는 당연히 야단칠 일도 매를 들 일도 없었다. 그런 교육법이 옳은지 그른지를 떠나, 나나 내 동생들에게 행운이었던 것만은 분명하다. 적어도 아이들이 자라면서 한두 번쯤 겪을 법한 억울한 일은 없었으니까.

그런데 입장이 바뀌고 보니 엄마는 '공부에 관심이 없는 나'를 어떻게 그냥 놔뒀을까 하는 생각이 든다. 나는 엄마와 달리 엄마의 학업 성적이 우수하면 좋겠고, 다른 학생들보다 공부를 잘했으면 좋겠다. 수업 시간에 칭찬을 많이 들었으면 좋겠고, 선생님의 질문에 손을 번쩍번쩍 들고 대답을 했으면 좋겠다. 입학한지 며칠 되지도 않았는데 중간고사나 기말고사에 엄마가 받을 성적표를 궁금해하고 있기까지 하다. 아니, 도대체 이 심보는 뭐란 말인가.

그렇다고 엄마가 성적에 대한 압박감이나 학업에 대한 부담을 가지길 바란 것은 아니다. 아무쪼록 즐겁게 공부할 수 있다면, 그것만으로도 우리 형제들에겐 좋은 선물이다. 하지만 엄마의 마음은 그렇게 간단하지마는 않았던 모양이다.

중학교 교과서로 공부한 지 사흘이 되었다. 사흘 동안 느낀 것은 그동안 내가 너무 모르고 살았다는 것이다. 오늘 영어는 두 시간을 배우고, 체육은 사회체육에 대한 이론을 배웠는데 다음에는 실제로 체육을 한다기에 나는 말 그대로 운동장에서 '달밤에 체조라도 하려나' 생각했다. 그런데 강당에서 한단다.

우리 담임 선생님 과목인 사회를 배웠는데 한 시간 동안 정말 재미있게 공부했다.

지도 보는 법도 배웠다. 등고선에선 넓은 선이 능선이고 좁은 선은 계곡이라고 한다. 뭐, 축척이니 방향 표시니 기호니 그따위 모르고 살아도 생활이 불편한 것도 아니고, 목숨에도 지장이 없다. 알아도 그만 몰라도 그만 하는 내용인데도 왜 지금 내 마음이 알싸하니 아픈지 모르겠다.

진작 공부했더라면 모르고 산 것보다 알고 산 것이 더 많았을 텐데. 그랬다면 지금보다 훨씬 더 자신감 있고 당당하게 살았을 것 같다. 그따위 것이라고 하면서도 그동안 모르고 한세상 산 것이 억울하다는 생각이 든다. 그런 한편, 앞으로 우리나라뿐 아니라 오대양 육대주를, 그러니까 세계를 눈 아래로 보고 배울 것이라 생각하니 흥분되기도 한다.

무식이 용감하다고 했던가. 겨우 중학교 공부, 그것도 3일 배우고 뭐 그렇게 난리 브루스냐고 하면 할 말은 없지만, 나와 인연하여 알고 지낸 사람들은 물론, 이 세상 모든 학생들, 그리고 중, 고, 대학을 졸업한 사람들이 몹시 존경스럽고 부럽다. 그 많은 지식을 한가득 안고도 아는 척도 하지 않고, 배운 척도 하지 않고, 나와 상대해주었다고 생각하니 고맙고 또 고맙다. 그리고 고마운 줄 모르고 지금까지 살았다고 생각하니 새삼 부끄럽다는 생각이 든다. 또, 아무 것도 아는 것이 없으면서도 아는 것 같이 이야기하면서 살았던 지난 세월을 돌아보니 부끄럽다.

늦게나마 이렇게라도 배우려고 생각하고 용기를 내었다는 것이 얼마나 다행인지 모르겠다. 앞으로 분명 더 어려울 것이고 힘들겠지만, 있는 힘 다 내어서 하는 데까지는 학교에 다녀보려고 한다. 열 가지를 배워 한 가지만 기억해도 나는 고맙게 생각할 것이다. 잘하지는 못해도 따라는 가야겠다. 그래야겠다.

마늘 한 쪽을 깨문 듯 내 마음도 알싸해졌다.

교과서에 쓰여 있는 많은 말과 기호들이 다 뭐라고. 그런 거

몰라도 엄마는 충분히 멋지다고 말해주고 싶었다. 당신의 말마따나 '알아도 그만, 몰라도 그만'인 거라고.

하지만 어머니, 그렇게 말하면 안 되겠지요. 어머니, 당신께서 느끼는 그 당혹감을 제가 어떻게 단순한 위로의 말로 없는 것처럼 해버릴 수가 있을까요?

엄마가 찾고자 하는 것은 교과서 속 지식만은 아닐 것이다. 그것은 과거의 시간일 수도 있고, 미래의 시간일 수도 있다. 또는 현재를 가장 즐겁게 보내는 방법일 수도 있다. 잃어버린 시간을 되찾는 것이든 미래의 꿈을 위한 것이든 현재에 충실한 것이든 나는 당신을 응원하며 지켜볼 수밖에 없다. 어린 날의 우리를 있는 그대로 지켜봐줬던 당신처럼.

초보 학생들의
학교 적응기

엄마를 비롯해 엄마 반의 학생들은 불혹의 나이 혹은 불혹을 훨씬 넘기고 학교로 왔다. '머언 먼 젊음의 뒤안길에서 이제야 거울 앞에 선'이라고 서정주 시인이 노래했던 그 누이처럼.

한달음에 온 길이 아니다. 얼마나 많은 굴곡을 지나고 또 지나 교실의 일원이 된 것일까? 그 교실은 또 얼마나 많은 이야기들을 담고 있을까? 훔쳐보고 싶은 마음이 한가득이다.

#1

첫 시간은 수학이다. 수학은 선생님께서 가르쳐 줄 때는 알 것도 같은데, 내일이 되면 잊어버리는 과목이다. 그래도 이만치라도 안 배우면 수학에서 나오는 용어 자체도 모를 것이다. 비록 내일 잊어버리는 한이 있더라도 적어도 그 말의 뜻은 알아야지. 남들이 한 번 보고 이해한다면 나는 두 번을 보고, 남들이 세 번을 보면 나는 여섯 번씩 보려고 마음을 다진다.

두 번째 시간은 영어다. 아직 발음기호를 보고 있다. 영어는 우리 막내 선생님께 배웠을 때보다 좀 더 눈에 들어온다. 한두 달이 지나면 나보다 젊은 사람이 더 잘하겠지만, 아직까지는 발음기호를 보며 그나마 따라는 갈 것 같다. 영어 선생님이 다음 시간에는 교과서에 나오는 내용으로 공부한다고 하니 미리부터 걱정이 된다.

우리 반 친구가 그러네. 우리가 어디 시험볼 일이 있겠느냐고. 맞는 말이다. 나도 그렇게 생각하고 편안하게 학교 다닐 생각이다.

사회 시간에는 재미있게 공부했다. 남북의 길이, 동서의 길이, 한반도의 넓이 등을 배우는데, 세상에, 우리나라에 있는 섬이 3400여 개나 된다고 한다.
학교를 다니다 보니 '선생님에게 배워야 하는구나' 하고 다시금 느낀다. 그것은 나를 보면 알 수 있다. 내가 그렇거든. 상급학교에 가지 못했다고 책을 전혀 안 보고 산 것은 아니다. 날마다 책, 신문(지금은 신문을 안 받지만), 만화, 불경할 것 없이 책을 보기도 하고, 글을 쓰기도 한다. 하지만 그러면 뭐하노. 책을 덮으면 다 잊어버리는데. 선생님과 같이 하니까 '아~ 그렇구나' 하면서 더 많이 이해가 된다. 혼자 책을 볼 때는 잘 보이지 않는다.
국어는 내가 좋아하고 배워야 할 과목이다. 국어를 배우려고 학교에 올 생각을 했으니까. 그런데 내가 좋아한다고 쉬운 과목이라고도 할 수 없다. 그저 열심히 하다 보면 가랑비에 옷 젖듯, 연기에 훈제 되듯 서서히 지식의 목마름이 적셔질 것 같기도 하다.
학교 당국에서는 선생님을 모실 때 인상을 보고 모시는 모양이다. 우리 반에 들어오시는 선생님마다 인상이 선하고 착해 보인다. 아, 참. 오늘 등하교 때는 마을버스를 타지 않고 시내버스 103번을 타고 바로 학교까지 왔다. 지하철을 타면 마을버스로 갈아타야 하지만 시내버스를 타면 갈아타지 않아서 좋다. 버스 정류소까지 내려오는 길이 멀긴 해도 걷기 운동도 되는 것 같고.

#2

지난 6일부터 지하철을 타고 오고 가는 동안 《달콤 씁싸름한 초콜릿》을 읽기 시작하여 어제 막 읽기를 끝내고 오늘부터는 다른 책을 한 권 꺼내 읽기 시작했다. 《신의 나라 인간 나라》의 '세계의 철학'편인데 만화로 되어 있어 재미있게 두어 번 읽은 적이 있는 책이다. 아직 한 번도 읽지 않은 책도 있지만 여러 번 읽어야 기억할 것 같아서 이 책이 뽑힌 셈이다.

하교할 때, 며칠 동안 같은 곳에서 같은 버스를 타려고 기다리는 학생이 나를 포함하여 네 명이다. 다른 사람들은 다 우리 반 학생인데 그중 한 사람은 2학년처럼 보였다. 그 학생이 시험 이야기를 하기에 '시험을 한 번 쳐 보셨습니까?' 하고 물으니 그 학생은 나와 같은 반이라고 한다.

우리 교실에서는 못 본 것 같아 2학년인 줄 알았다고 했더니, 웃겨서 죽겠다며 나보고 그런다. 어쩐지 뒤도 한 번 안 돌아보고 앞만 보고 있더니 등잔 밑이 어둡다고 놀린다.

나는 원래 사람을 자세히 못 봐서 사람 눈도 어둡고, 길 눈도 어둡다고 변명을 했다. 세상에. 내가 생각해도 멍청하다. 아무리 수업이 끝나자마자 집에 가기가 바쁘다고 하더라도 같은 반 친구도 못 알아보고 미안한 생각이 들었다. 사람 보는 눈이 어두운 것은 나의 단점이고, 내 사정이니 다른 친구들이 우스워 넘어가는 것 또한 당연한 일이다.

#3

우리 반 반장님이 쑥떡을 해왔다. 우리 반 친구가 37명인데, 나누어 먹고도 남아서 2학년 선배들에게도 가져다주었다. 우리 반이 점차 모양을 갖추어 나가고 있어 다행이다.

반 회비가 만원이라고 하여 나는 말 없이 회비를 냈는데, 여러 사람이 모인 곳이라 그런지 다른 의견을 가진 학생도 있었다. 요는 의논 없이 집행한 것도 문제지만 한 달 회비로는 만원이 많다는 것이다. 반에서 쓰는 화장지, 생수, 겨울에 사용하는 난방비의 기름 값도 만만찮고, 선생님께 차도 한잔씩 드리려면 그 정도의 돈은 내야 할 것 같은데. 항상 느끼지만 우리 반에 들어오시는 선생님들은 모두 다 목이 아플 것 같다. 젊은 학생들보다 잘 잊어버리는 학생들을 이해시키려고 애쓰시는 모습이 정말 고맙다.

집행부에선 다른 반이 먼저 정하여 회비를 받고 있는 걸 참고해 우리 반도 만원으로 정했다고 한다. 어느 단체든지, 이런 의견도 있으면 저런 의견도 있기 마련이다. 시간이 없는 야간반의 특성상 충분한 의논도 할 수 없는 일이다. 모든 일이 시행착오를 겪으며 제대로 된 모양으로 갖추어지는 걸 생각하면 굳이 큰소리 낼 것까지도 없는 일이다.

수학 시간에 모두들 집중하여 선생님 설명을 듣고 있는데 갑자기 전화 받는 소리가 들린다. 조용한 교실이 전화 받는 소리로 어수선해졌다. 누군가 전화를 받는 이에게 밖에 나가 받으라고 말하는 소리도 들린다.

오늘 두 사건에 대한 내 생각은 이렇다.

어느 집단이든지 의견은 다를 수 있다. 그러나 한 번쯤 생각해보면 어디에 얼마나 들어가는지 모르니까 한 달 살림을 살아보고 다음 달 회비가 남으면 이월하면서 계산을 하면 될 것 같다. 반 회비를 받아 개인이 쓸 것도 아닌데 처음부터 반장의 사기를 떨어지게 할 것까지는 없다고 본다. 내 생각이 그렇기는 하지만, 다른 사람 생각도 존중해야 할 것 같아 가만있었다.

수업 시간에 전화기를 꺼놓지 않은 것은 잊어버려서가 아니라는 것을 알 수 있었다. 왜냐하면 오늘 전화를 받는 것이 처음은 아니기 때문이다. 지난번 수업 시간에도 똑같은 자리에서 전화를 받는 소리가 들렸다. 그날도 누가 밖에 나가서 받으라고 한 것 같았는데.

좀 더 젊을 때 같으면 시시비비를 가리려고 했을지도 모르겠지만, 아니, 분명 그렇게 했을 것이다. 이만큼 세월을 살아온 나는 '그래, 사람이니까 그럴 수도 있겠다'라는 생각을 하며 넘긴다. 37명이 모인 곳인데 이견이 없으면 그것이 차라리 이상한 일이다. 시간이 지나면 모든 것이 다 제대로 자리 잡을 것도 같다.

경험이 없으니 시행착오가 있는 것이고, 그것이 당연한 일이라는 걸 이해만 한다면 우리 반은 더욱 성숙해질 것이다.

#4

오늘 보니 해가 한 시간은 긴 것 같다. 학교 뒷산에는 잎이 파릇파릇하게 늘어진 수양버들과 노랑개나리 꽃이 우리를 반긴다. 이렇게 학교에 나오니까 화사한 봄도 보고, 같이 공부하는 동무들도 보고, 그래서 나는 아주 많이 행복하다.

그동안 몰랐는데, 오늘 교실에서 밖을 휙 둘러보니 저 건너 산에는 공동묘지도 보인다. 입학할 때는 밖이 어두워서 안 보였던 주변의 경치가 다 보인다. 수업 시작 전까지는 햇볕이 나더니 1시간쯤 지나자 순식간에 어두워졌다. 참 묘한 자연의 섭리다.

쉬는 시간에 반장이 '어제 불미스러운 일에 대하여 미안하다. 아직 경험이 없어서 그러니 이해하고 잘 지내자'고 사과를 하였다.
칠판 왼쪽 끝에는 이런 글귀가 쓰여 있다.

휴대전화, 진동 또는 끄기(수업 중 절대로 통화 불가능)

이로써 어제 우리 교실에서 있었던 두 사건이 다 해결된 것 같다.(사건이라고 하기에는 좀 어패가 있나?) 칠판에 쓰여 있는 휴대전화에 대한 글을 노트에 옮겨 쓰고 있는 사이에 갑자기 환호와 박수 소리가 들린다. 쳐다보았더니 과학 선생님이 수업하러 들어오신다.
과학 선생님의 인기가 장난이 아니다. 나는 또 한 번 중학교 교실다운 풍경 같다고 생각하면서 웃었다. 과학 선생님께서는 우리들이 기억하기 쉽게 비유를 이용하거나 온몸으로 제스처를 하면서 수업을 하신다. 오늘도 과학 시간에 정말 많이 웃었다.
국어 시간에는 선생님께서 옛날 학창 시절에는 봉사도 많이 하셨다고 하신다.
내가 말했다.
"선생님. 지금 우리들을 가르치는 것도 봉사하시고 계시는 거예요. 봉사 정신이 없으면 성인반 학생들을 가르치는 것은 불가능할 겁니다."

이 생각은 나의 진심이다. 그래서 나는 우리 반 학생들을 가르치시는 모든 선생님을 존경하고, 정말 진심으로 고맙게 생각한다.

에너지가 넘친다.

발랄하고 자유분방하다.

인기가 장난이 아닌 과학 선생님의 수업을 받고 싶기까지 하다.

아니, 어머니. 어쩜 다들 이렇게 귀여울까요?

엄마에겐 누가
우산을 씌워 줄까요?

오후 3시경부터 내리기 시작한 비는 밤늦도록 그칠 기세를 보이지 않는다. 부산에도 비가 내리고 있을까? 엄마는 우산을 가지고 갔을까? 가져가지 않았다면 집에 어떻게 가시려나? 내가 학교를 다니는 동안에는 엄마가 늘 우산을 챙겨주거나 가져다주곤 했는데.

엄마는?

복도에서 딸의 수업이 끝나기를 기다리며 비를 하염없이 바라보던 우리 엄마. 그때처럼 젊지도 않은데, 혹여 비라도 맞으면 어쩌나?

새벽에 잠깐 비가 내리더니 하루 종일 바람이 불어온다. 그냥 바람이 아니다. 모래색이 나는 바람이 내 눈에도 보인다. 무슨 바람이 중국에서 부산까지 거리가 얼만데, 여기까지 모래를 가지고 오는지 모르겠다. 증기가 들어있는 구름을 몰고 갈 때는 높은 산을 넘기가 버거워 구름 속에 든 증기를 비로 다 뿌리고 고개를 넘어 간다고 하던데. 모래는 증기보다 더 무거울 것 같건만 중국에서 부산까지 잘도 가지고 온다.

가게 천막을 걷어놓고 학교에 가는데 마침 등 뒤에서 불어오는 바람에 떠밀려서 걸음이 경쾌하다. 목에 두른 스카프는 팔랑팔랑 날면서 나보다 한발 먼저 가는가 싶더니 옛날 청학서림 앞에서 갑자기 진로를 홱 바꾸곤 내 얼굴에 착 달라붙는다.

큰일 나겠다. 이러다가 무슨 일 낼 것 같다.

웬 바람이 돌개바람처럼 돌아다니는지 모르겠다. 인도에서 그랬으니 다행이지, 횡단보도 건널 때 스카프가 얼굴을 가렸더라면 몹시 당황했을 것이다.

신평역에서 나오니까 가로수에 벚꽃 몇 그루가 활짝 피어있다. 날씨가 따뜻하고 화창했더라면 벚꽃이 참 예뻐 보였겠지만 살을 에는 꽃샘바람 때문에 벚꽃이든 목련꽃이든 화사하지가 않다.

우리 반 학생들은 낮에는 모두 일을 하는데 한복집, 미장원, 옷가게, 화훼농장, 떡 방앗간 등 알려진 가게만도 이 정도다. 떡집 하는 친구가 오늘 쑥떡을 가져와서 나누어 먹었다. 좀 뻥튀기해서 우리 반 친구들이 하는 가게만 모아도 커다란 쇼핑몰 하나는 만들어도 될 것 같다.

중앙동에서 오는 친구는 며칠째 결석이다. 다리가 많이 아픈지 아니면 공부가 재미없는지 자주 결석을 한다. 몇 번 같이 다닌 인연이 있어 자꾸 그 자리를 보게 된다.

오늘은 학생증도 받았다. 학교에서는 목걸이처럼 목에 걸고 다니라고 까만 줄까지 준비해줬다. 학생증을 목에 걸고 보니 텔레비전 연속극에 나오는 주인공이 회사 다니면서 목에 이름표 달고 다니는 장면이 생각난다. 무엇보다 같은 반 친구 이름을 빨리 익힐 수 있어 참 좋다.

우리 담임 선생님께서는 정규반 담임도 하시는데, 내일 정규반 아이들을 데리고 2박 3일을 양산에 있는 연수원에 다녀오신다고 한다.

국어 선생님께서는 어린 시절의 이야기를 들려주셨다. 학교에서 돌아오면 소 꼴(풀) 베고, 솔갈비(볏짚)도 끌어오고, 솔가지(소나무가지)도 하고, 소 풀도 먹였다고 한다.

그 이야기를 들으며, 참 오랜만에 옛날을 회상하기도 했다. 국어 선생님께서도 그러신다. 정규반 아이들에게 이런 이야기를 하면 그게 무슨 말인가 하고 모르는데, 성인반에서는 공감대가 형성된다고. 그러면서 오늘은 날씨도 춥고 황사도 많이 날아오니 건강을 조심하라고 주의를 주신다.
자기 자신이 할 수 있는 백신은 바로 손 씻기라고 누가 그랬다. 몸을 깨끗하게 해야 하는데 집에 돌아와서는 춥기도 하고 귀찮아서 샤워는 그만두고 머리감기와 세수만 했다.

다행히 비는 내리지 않았다. 하지만 심술궂게도 바람을 대신 보냈구나. 등굣길의 가뿐한 발걸음을 잡아 무엇 하려고. 엄마는 그 바람을 뿌리치고 학교로 가서는 학생증을 당당히 받아쥐었다. 그리고 교실이라는 공간에서만 누릴 수 있는 일상을 마음껏 누렸다.

오늘은 2학년 선배님들이 양대계피고물을 묻힌 인절미를 보내줘서 맛있게 먹었고, 선생님께서 출석을 부르는데 우리들의 이름이 정겨워 재미있었다.
우리 담임 선생님께서 출석을 OOO라고 부르는데 이름을 불린 학생은 복도에 있는 사물함에서 책을 꺼내다 말고 '네~에' 하고 크게 대답하여 교실에서 한참을 웃었다. 그게 좋다. 출석을 부르면서 어떤 존칭도 붙이지 않고 이름 석 자만 부르고, 대답이 없으면 OOO 학생 안 왔어요? 라고 묻는 것이.

정말, 그야말로 중학생이다.

엄마 말마따나 그야말로 중학생이지만 때로는 보통의 중학교 교실과는 다른 풍경이 펼쳐지기도 한다.

짓궂은 우리 반 친구 왈 : 선생님. 우리 학교도 남녀공학으로 해요.

우리 담임 선생님 왈 : 만약 남녀공학이면 집에서 부군이 학교 다니는 거 반대 할 겁니다. 나라도 안 보낼 겁니다.

마치 희곡대본처럼 대사로 처리된 글을 읽다 어느 사이엔가 또 킬킬거리며 웃고 있는 나를 발견한다. 엄마에게 우산을 받쳐 주지도 못하는 주제에 얌체처럼 '즐거운 엑기스'를 빼먹는 데에 거리낌이 없다. 이래서, 딸.

오늘 황사바람은 낮보다 밤에 더 심한 것 같다. 수업이 끝나고 교실 밖을 나오는데 황사바람이 기분 나쁘게 얼굴에 확 다가온다. 계단을 지나 운동장에 내려서니 마침 자가용 한 대가 움직이려다 멈추고는 안에 있는 사람이 창문을 내리면서 이렇게 말한다.

"지하철 타는 데까지 데려다 줄게요. 타세요."

또 다른 학생 둘과 함께 탔는데, 운전하는 학생이 2학년 선배란다. 나는 나와 같은 중학교의 2학년 선배인 줄 알았는데 이야기를 하다보니 고등학교 2학년이다. 성인반 고등학생은 2학년에 올라가는 수가 한 반에 20명 정도밖에 되지 않는다고 한다. 그 이유는 회비가 비싸서다. 3학년을 2년에 다 끝내니까 1분기가 두 달이다. 따라서 37만 원씩이나 되는 회비를 두 달마다 내야 된다. 그 돈이 부담스러워 중간에 그만두는 학생이 많다고 한다. 듣고보니 그럴 것 같다는 생각이 든다. 배워서 꼭 써먹을 학문도 아닌데 굳이 많은 돈을 들여가면서 배울 필요를 느끼지 못했을 것이다. 게다가 이만저만한 고생이 아니니 중도에 포기하는 학생이 많을 것도 같다.

나와 같이 차를 얻어 탄 젊은 학생은 우리 반 학생인데,

공방을 운영한다고 한다. 공방이면 닥종이 공예를 하느냐고 물었더니 아주 광범위하게 공예란 공예는 다 하는 공방이라고 대답한다. 나는 구체적으로 알고 싶었지만, 아직 함께 공부할 날이 많이 남아서 궁금한 마음을 꾹 누르고 알고 싶은 것을 참았다.

그런데 겉보기와 정말 다르다. 공방한다는 우리 반 친구는 머리에서 발끝까지 그냥 멋쟁이다. 나처럼 농촌스러운 모습도 아니고, 나이가 들어 보이는 것도 아니다. 우리 반에 있으니까 '저 친구도 중학교를 안 나온 친구구나'했지, 다른 곳에서 만났다면 공부를 많이 한 줄 알았을 것이다. 그러니까 멋쟁이하고 최종 학력하고는 아무 상관이 없다는 것을 또 한 번 느꼈다.

이런저런 이야기를 하다보니 눈 깜짝할 사이에 신평역에 도착했다. 지하철 옆자리에는 마침 같은 반 친구가 앉아 있었다. 이 친구는 전철 안 간판에 쓰여 있는 영어를 더듬거리며 읽는다. 그 모습이 정말 즐거워 보인다. 읽을 수 있겠다는 마음이 용기를 내게 했으리라 미루어 짐작이 간다. 이 시간이 되면 승객도 별로 없어 조금 크게 읽는다고 누가 쳐다보는 사람도 없다. 몇 년 전의 내 모습 같아서 정겹다.

학생교통카드
변천사 유감

엄마의 학창 시절을 엿보다 보면 생각지도 못한 일이 발생하곤 한다. 학교라면 마땅히 떠오르는 공부나 시험 등은 뒷전으로 물러나고 엄마의 말을 인용하자면 '제사 보다는 젯밥'인 것들이 몹시 많다. 이를테면 입학한 지 얼마 되지 않았을 때 엄마는 선생님에게 화이트 데이 사탕을 받는 즐거움을 누렸다. 그때 처음으로 '화이트 데이'라는 것이 있다는 걸 알았다고 한다. 그 글을 읽고 조금 뜨끔했다. 아니, 우리는 도대체 뭘 한 거야? 엄마에게 화이트 데이 사탕도 드린 적이 없으니 말이다. 상술이니 뭐니 다 떠나서 한 번쯤은 예쁘게 포장한 사탕을 드리며 오늘이 화이트 데이라고 말해 볼

만도 했는데. 어찌 되었든 엄마는 젯밥에 더 많은 관심을 보이고 있기는 했다. 그중 하나가 학생교통카드다.

오늘은 신평역에서 학교로 가는 마을버스를 타면서 처음으로 학생용 교통카드를 사용했다. 작년까지는 마을버스와 시내버스에 우리 성인반 학생들도 학생교통카드를 사용하였다고 한다. 하지만 올해부터는 성인반 학생들은 학생교통카드를 사용하면 안 된다고 했다. 학생교통카드를 받은 선배들은 계속 학생교통카드를 사용하고 있는데 우리 반 친구들은 '선배들은 학생카드로 타는데 왜 우리들은 안 되는데' 하고 여러 번 반문하면서 부러워했다.

그런데 어제 우연히 한 버스에 탔던 2학년 선배님 한 분이 자신이 쓰던 학생카드를 내게 한 장 준다. 오늘 요금을 보충해 마을버스를 탈 때 학생교통카드를 단말기에 살짝 갖다 대었더니 "학생입니다"라는 기계음이 들린다.

다 큰 어른이 '학생입니다' 하는 카드로 버스를 타려고 하니, 남세스럽고 민망했지만, 어차피 학교 다니려고 마음먹은 이상, 민망이니 남세스럽다느니 그런 생각은 안 가지려고.

태연한 척 버스에 올라탔더니 아무도 바라보는 사람도 없다. 시내버스 103번과 마을버스 3번은 성인반 학생이 몇 년 전부터 학생교통카드를 이용해서인지 운전기사님과 이곳에서 타는 다른 승객들도 너무나 당연하게 생각하는데, 괜히 나 혼자 노파심이 일어난 것 같다.

세상에 이 나이에 '학생입니다'라고 사람도 아닌 것이, 기계가 소리 지르는 학생카드로 버스도 다 타보고. 내가 살고 있는 세상이 참 재미있다는 생각이 든다. 그래! 좀 어색하면 어떻고, 조금 민망하면 또 어때. 나는 지금 할머니에서 열네 살짜리 중학교라는 이름의 불로초를 먹고 있는데. 상식적인 관습에서 좀 벗어나긴 하지만 그래도 지금 이 상황이 참 좋다.

내가 어른이 되어서야 알게 된 것 중에는 '어른에 대해 가지는 아이들의 편견'이 생각보다 많다는 것이다. 아이였을 때의 나는, 어른은 사소한 일에는 상처를 받지 않고 아주 많은 시간을 일하면서도 노는 것에는 관심이 없으며, 옷차림이나 외모에는 신경 쓰지 않는 존재인 줄 알았다. 호기심은 물론이고 미래에 대한 꿈도 없는 줄 알았다. 하지만 '나이를 먹는다'는 것과 '마음이 늙는다'는 것이 결코 같은 말이 될 수 없음을 이제는 안다. 어쩌면 엄마에게 스쿨버스나 학생교통카드는 애니메이션 〈이웃집 토토로〉의 '고양이 버스'였을지도 모른다. 산과 들을, 심지어 하늘까지 달려 나가는 고양이 버스에 올라탄 사람들은 목적지에 상관없이 혹은 목적지가 없어도 마냥 즐거울 것이다. 장난기 가득한 웃음을 짓는 '고양이 버스'를 타고 싶어 했던 것이 어디 어린 아이들뿐이었을까.

이제부터는 학생교통카드를 더 이상 사용하지 않고 기념으로 장롱 밑에 넣어두기로 했다.
마을버스 3번이랑 시내버스 103번은 학교 앞까지 가는 것이라 사용이 가능했었다. 그런데 오늘 교통카드를 대었더니 "학생입니다"가 아니고 "청소년입니다"라는 기계음이 나왔다. 시내버스에 붙어 있는 기기가 환승을 할 수 있는 기기로 바뀌면서 기계음도 바뀌어 버렸다. '학생입니다'와 '청소년입니다'는 내가 듣기에는 하늘과 땅만큼이나 엄청 차이가 나는 말이다. 나는 분명 교육부에서 인정하는 학생이지만 청소년은 아니다. 따라서 학생교통카드를 사용할 수 없을 것 같다. 사실 2학년 선배가 사용하는 것을 보면 써도 되는 것 같지만. 하기야 선배라고 하지만 나보다 한참 젊은 사람이라 그나마 괜찮아 보이기는 했다.
학생교통카드를 오랫동안 보관해두었다가 추억으로 꺼내 볼 생각이다. 내 인생에 별 경험 다 했노라고 우리 갓난쟁이 손녀가 학생이 되면 아주 오래된 옛날이야기처럼 해 줄 생각이다.

학생교통카드를 사용하기 시작한지 겨우 20여 일이 지나서였다. 바뀐 기기로 인해 더 이상 학생교통카드를 사용하지 않겠다는 결심을 단단히 하고 있는 엄마에게 남동생은 이렇게 말했다.

"마음이 젊으시니 청소년이라 하셔도 되지 않을까요?"

그러자 엄마는 이렇게 대꾸했다.

"청소년 영역은 침범하면 안 될 것 같아서."

내 생각은 이렇다. 영역 침범이 아니라 영역 확장으로 이해하시면 되지 않을까.

학교를 다니는 동안만큼은 학생교통카드의 즐거움을 누렸으면 좋겠다는 건 그분의 딸로서의 내 마음이다. 하지만 어떤 사람들이 보기에는 그렇지 않은가 보다.

집에 올 때는 우리 반 동무 몇 명과 함께 96번 버스를 탔다. 며칠 전에 우리 반 막내가 96번 버스 운전기사님에게 잔소리를 들었다는 말을 들었지만 내 일이 아니라서 그런가보다 하고 넘겼다. 오늘도 나는 그 정보를 잊어버리고 학생교통카드를 단말기에 접촉시켰는데, 아니나 다를까,

문제의 그 기사님이 말을 걸었다.

운전기사님 : 아주머니. 무슨 증입니까?

나 : 학생증입니다.

운전기사님 : 어느 학교입니까?

나 : 부경 보건 중학교인데요.

운전기사님 : 시청교통과에 물어보세요. 사용해도 되는지를.

'학생입니다'부터 시작하여 '청소년입니다' 그리고 '반갑습니다'까지 세 번의 변천 과정을 겪으면서도 오늘처럼 황당한 경우는 처음이다. 게다가 그 아저씨 계속 반복해서 화를 냈다. 옆에 있던 우리 반 부반장님이 참다못해 한마디 했다.

"아저씨, 학생인데 왜 시청교통과에 묻습니까? 학생이면 학생증 가지고 타면 되는 거 아니에요? 한 번만 말하면 되는데 여러 사람 있는데 몇 번을 말합니까?"

운전기사는 아무 말도 못했다. 정신을 차리고 가만 생각해보니, 왜 내가 이 말을 못했을까 싶다. 교육부에서 인가해 준 30년 전통의 학교 학생인데. 그리고 회비도 정규반 학생들과 똑같이 내는 학생이라고, 또박또박 말을 못하고 온 것이 후회가 된다. 버스의 끝 번호를 잘 봐두었으니 다음에 또 오늘처럼 시비를 거는 기사님을 만나면 논리 정연하게 대답을 준비해 가서 따져야겠다. 그래야 다른 학생들이 이런 황당한 경우를 당하지 않지.
이 나이에 학교 다니면서도 중학생이 되었노라고 당당하게 말하는 난데(부끄러울 게 없다는 뜻). 무임승차를 한 것도 아닌데 운전기사에게 주눅 들어야 할 이유는 없다고 본다.
오늘 만난 운전기사를 다시 만날 때까지 96번 버스를 계속 이용할 생각이다. 잔소리 안 하면 굳이 내가 먼저 이유를 달지는 않겠지만…….

엄마의 결심대로라면 장롱 속에 있어야 할 학생교통카드가 다시 등장했다. 그것도 '무죄'라는 나름 거창한 제목까지 달고.

'엄마에게 이런 면도 있었나?'

잔소리를 하는 운전기사를 다시 만나기 위해 96번 버스를 이용해야겠다는 다짐까지 하다니. 엄마가 이 정도의 전투력을 구비하고 있다는 걸 알게 되어 적잖이 마음이 놓인다.

때로 어떤 사람들은 나이 많은 여자에게 함부로 굴기도 한다. 더군다나 엄마는 스물세 살에 결혼한 후 내내 집안의 큰며느리로만 살아온 사람이다. 철물점을 운영하고 있지만 그 또한 오랜 이웃들이 하는 쌀가게와 냉동 가게를 양 옆으로 끼고 있기에 흔히 말하는 '사회생활'이라는 것을 경험한 적이 없다. 낯선 이들이 함부로 말을 하거나 소소하게 시비를 걸 때 야무지게 대응하지 못할까 걱정이었다. 흔히들 자기 자녀가 맞고 다니기보다는 차라리 때리는 게 낫다고 하던데, 내 마음이 딱 그렇다.

우리 어머니, 잘하시고 계시네요.

일요일 모임 행사에서 어른들을 안내하느라고 몇 시간을 서서 지냈고, 저녁에는 우리 애기씨가 추어탕을 끓여놓았다고 먹으러 오라고 하여 시누이집에 가서 놀다가 저녁 늦게야 집에 왔다. 그러니 월요일 마지막 수업 시간에는 피곤해 잠이 쏟아진다. 아니, 마지막 시간뿐만 아니라 첫 시간부터 피곤하다 싶더니 급기야는 눈꺼풀이 무거워졌다. 아까운 수업 시간이고 뭐고 좋아하는 국사 시간이라도 별수 없이 꾸벅꾸벅 하게 되네. 마치 봄날 양지쪽 울타리 아래 병아리처럼 졸고 있는 내 모습은 분명 나이 값을 못한다. 얼마나 하고 싶은 공부였는데, 이 밤중에 우리들을 가르쳐주시려고 애를 쓰시는 국사 선생님께 미안하기가 이를 데가 없다. 피곤하기로 따지자면 국사 선생님께서도 만만찮을 것이다.

모든 수업이 끝나고 우리 반 동무들과 103번 버스를 탔더니 운전기사가 우리 반 동무에게 말을 건다.

"1, 2, 3, 4, 잘 배웠어요?"

"예. 잘 배우고 갑니다."

우리 반 동무가 천연덕스럽게 대답했다.

"청소년카드를 사용해도 아무 말씀 안하시고 잘 받아주셔서 감사합니다."

다른 한 동무가 운전기사에게 이렇게 말했다.

"학생인데 당연히 사용하세요. 여기 버스에도 학생증을 카피해서 붙여 놓았잖아요."

운전석 오른쪽 위를 보니 할인 가능한 증명서 복사본 네 개가 있다. 그중 하나가 성인학생 사진이 붙어 있는 우리 학교 학생증이다.

"우리 회사에서는 아주머니학생들 소문이 다 나 있어요, 얼마나 좋아요. 낮에는 일하고 밤에 학교에 다니는 모습이 보기 좋습니다. 학생증을 가지고 다니면서 혹시 보여 달라고 하면 보여주고 그러세요. 가끔 가다가 학생이 아니면서 학생카드를 사용하는 아주머니가 있습니다."

이런 고마울 때가. 운전기사의 말을 들으니 졸음이 싹 달아났다. 성인학생이 다닐 수 있는 학교가 있는 것도 고마운 일이고, 학생증을 사용할 수 있게 해주는 버스회사도, 운전기사도 다 고마울 뿐이다.

떠나는 사람,
남은 사람

엄마가 중학교에 입학한 지 두어 달이 지난 후, 엄마에게도 어김없이 스승의 날이 찾아왔다. 그날 엄마 반의 학생들은 스승의 은혜에 감사하는 행사를 치른 뒤 저녁을 거하게 먹고 노래방에서 즐거운 시간을 보냈다. 그 과정에서 엄마가 학우와 나눈 이야기가 재미있다.

나는 식당 근처에 있는 노래방에 걸어갈 때부터 저 친구가 심상치 않음을 직감했다. 이름이 퍼떡(얼른) 기억나지 않는다. 하여간 그 친구는 자기 자녀들에게 이런 말을 자주 쓴다고 한다.

"집에 있으면 너희들 밥을 챙겨줘야 하니 공부할 수가 없다. 숙식을 할 수 있는 독서실에 입실을 해야겠다."

이렇게 글로 올려놓으면 별로 웃기지 않지만 그 억양과 표정은 옆에서 듣고 걷는 우리들을 요절 복통하게 했다.

엄마의 반 학생들은 총 37명이다. 공부를 하기 위해 한 교실에 옹기종기 앉아 있지만 저마다 나이도 다르고 삶의 방향도 다르다. 엄마는 그들이 하는 일을 모으면 커다란 쇼핑몰을 하나 차릴 수 있을 정도라고 했는데, 그들의 사연을 일일이 찾아 들으면 커다란 이야기보따리 하나를 꾸리고도 남을 것 같다.

우리 반 15번 학생이 1호로 자퇴를 했다. 그녀의 아들이 사법고시에 합격을 해서란다. 연수원 생활을 하고 난 뒤에 합격자를 발표하는데, 아들의 마지막 합격을 위해 청도 사리암에 가서 기도를 올린다는 게 자퇴 사유다. 무슨 기도를 주야장천 하는 것도 아닌데, 이왕 입학했으면 열심히 학교 다니면서 토요일과 일요일에 기도를 해도 되고 사이사이 해도 될 것 같은데, 내가 그 사람 입장이 아니라 그런지 사실 이해가 안 된다.

우리가 학교를 다니는 일은 예삿일이 아니다. 분명 기도하는 마음으로 하지 않으면 안 되는 일이다. 하여, 나는 이렇게 생각한다.

학교를 다니는 것도 기도라고.

그 어머니는 한 가지는 알고 두 가지는 모르는 것 같다. 학교를 그만두고 아들을 위해 기도하는 것은 순전히 어머니의 입장이다. 아들의 입장에서는 어머니가 다니던 학교까지 그만두면 미안한 마음이 생길 것 같다. 어머니가 원해서 학교에 입학했다면 그 자리를 지키며 열심히 하는 게 자식들의 마음을 더 편하게 하는 것이 아닐까? 그리고 나이든 어머니가 공부하는 모습을 보면 아들도 더 열심히 연수원 생활을 할 수 있지 않을까?

그러한 맥락에서 나는 15번 어머니가 지금이라도 학교에 나와서 우리 반 친구들과 같이 졸업을 하면 좋을 것 같다.

37명의 학생이 있어야 할 교실에 36명이 남았다. 그리고 또, 누군가가 떠날지도 모른다. 어쩌면 엄마는 그 빈자리에서 이별의 연쇄법을 걱정하고 있지는 않았을까.

생각해보면 나이가 들수록 사람은 온갖 종류의 이별을 경험한다. 하지만 그 이별이라는 게 경험을 많이 했다고 해서 외로움이나 쓸쓸함을 덜어주는 것 같지는 않다. 그동안 엄마에게는 많은 이별이 있었다. 할아버지, 할머니를 차례로 떠나보낸 후, 우리 삼형제들이 당신 곁을 떠나 하나 둘 서울로 가는 것을 지켜보아야 했다. 그리고 엄마의 옆자리를 지키고 있던 아버지마저 세상을 떠났다.

엄마가 시집오기 전에 지었던 작은 집에는 이제 엄마만 남았다. 한때는 할아버지, 할머니를 비롯해 아버지, 엄마, 세 분의 삼촌, 고모가 살았고, 차례차례 태어난 삼형제가 그 집의 일원으로 들어서기도 했던 곳이다.

많은 가족들이 하루에도 몇 번씩이나 들락날락거린 통에 2층 문의 문지방은 움푹 파였고, 방마다 하나씩 있는 벽장에는 저마다의 기억이 곰팡이로 표시되어 있다. 2층에서 옥상으로 올라가는 나무계단은 긴 세월을 이기지 못하고 짙은 갈 빛으로 변색되었다.

어디 하나 복닥거렸던 가족들의 흔적이 스미지 않은 곳이 없는데, 이제는 엄마만이 그 오래되고 낡은 집의 지킴이로 남았다.

수십 년 전, 할아버지가 집을 짓기로 했을 때, 그 집을 가장 마지막으로 지키고 있을 사람이 엄마가 되리라고 상상이나 했을까. 훗날 태어난 나 또한 한 번도 상상한 적이 없다. 도심 속의 작은 집이 이토록 오랫동안 그 자리를 지키고 있을 거라곤. 그리고 그 집을 엄마가 홀로 지키게 될 거라곤.

사실 엄마는 그 집을 지키기 위해 그곳에 있는 것은 아니다. 그곳은 엄마가 머물 수 있는 유일한 장소이기 때문이다.

당신도 어디론가 떠나고 싶지 않았을까?

당신이 어렸을 때 꾸었던 꿈은 그곳이 아니었을 텐데.

나는 엄마가 궁금하다.

엄마의 딸이자 한 인간으로서 나는 당신이 정말 궁금하다. 말이나 글로는 미처 표현하지 못하는 그 이상의 것을, 그 이면의 것을, 당신의 깊은 속을 알고 싶다.

날마다 집을 나가는 여자,
그리고 이웃

밤 11시 25분. 밖을 보니 비는 안 온다. 비가 안 올뿐 아니라 저녁 8시까지 구름이 쫙 깔려 있더니 지금 이 시간엔 하늘은 푸르게, 진회색 구름은 하얗게 변하고 있다. 일기예보에서 하루 종일 폭우가 내린다기에 어디에도 나가지 않고 집에만 있었다. 나 스스로 '날마다 집을 나가는 여자'라는 멋진 타이틀을 붙여놓고 별일이 없으면 버스 타고 시내 여행이라도 갈 생각이었지만 일단 오늘은 게을

렀다. 몇 번이나 성지곡 수원지에 갈까 하다가, 혹시 폭우가 쏟아지면 어쩌나 밖을 내다보고, 그렇게 많은 비가 내릴 것 같지는 않다는 생각을 하면서도 쉽사리 집을 나서지 못했다.

문득 우리 반 젊은 급우가 한 이야기가 생각난다.

학교에 다니는 것을 말하지 않고 다니니까 동네 가게에서는 밤에 늦게 집에 가면 어디에서 오는가 하고 궁금해 한단다. 하지만 나는 여기저기에다 중학교에 다닌다고 광고를 하는 중이다. 가게에 '오후 4시까지만 장사합니다'라고 붙여놓은 메모를 본 손님들은 어디에 그렇게 날마다 다니느라고 가게 문을 닫는지 묻는다. 그럴 때마다 농담처럼 '날마다 집을 나가는 여자'라고 하고, 남 공부할 때 못한 것을 이 나이에 하고 있다고 광고를 한다. 그렇지 않고 그냥 왔다 갔다 하면 바람났다는 소문이 하늘을 찌를 것 같아서……. 중학교 못 다닌 것은 자랑이 아닌데도 내 입으로 소문을 내고 있다.

요즘 들어 사람들이 남들이 어떻게 사는지에 많은 관심을 가지고 있다는 것을 새삼 느낀다. 하긴 나도 남 얘기하는 것을 재미있어 하니까 남도 내 말 하는 것을 재미있어 하겠지. 그런 마음을 탓하고 싶은 생각은 없다.

학교를 오갈 때 버스 안에서 느끼는 것이다. 내가 버스

안에 있을 때는 빨간 신호등이었으면 좋겠고, 내가 횡단 보도를 지날 때는 파란 신호등이었으면 좋겠다는 생각을 하는 것을 보면, 내 마음이 그렇게 너그럽지 못하고 예쁜 마음은 아닌 것 같다.

작은 동네일수록 소문은 쉽게 번지는 법이다. 보는 눈도 많고 듣는 귀도 많다. 더욱 좋지 않은 것은 대부분의 사람들이 이웃의 일거수일투족에 관심이 많다는 것이다. 어릴 땐 그런 것이 싫었다. 동네 어르신을 만날 때마다 형식적이나마 대화를 나누어야 하는 것도, 동네 안에 있으면 누구나 다 내가 누구인지 아는 것도 싫었다. 그래서인지 참견 많은 동네를 주제로 한 엄마의 글은 약간의 통쾌함을 느끼게 했다.

어머니, 그렇다니까요. 동네가 좁을수록 자유도 없다니까요.

동네가 좁은 것만이 문제가 아니다. 집으로 들어가는 길, 양옆으로 늘어선 가게들은 우리 철물점과 마찬가지로 문이 없다. 아버지가 밖으로 시선을 돌릴 수 있었던 것처럼 그들 역시 오가는 사람들을 항상 지켜볼 수 있는 길 위에 있다. 게다가 길목마다 간이 의자를 두고 앉아서는 지나가는 사람들을 하염없이 바라보는 동네 어르신도 한둘이 아니다. 하여튼 동네만 들어서면 어떻게든 이웃들을 만나게 되어 있는 구조다. 그러니 엄마의 동선도 숨기려야 숨길 수 없었을 것이다.

> 밤 10kg을 사서 머리에 이고 오는데, 이웃 할머니가 "웬 밤이 그렇게 많노? 누가 돈 받고 까 줄라고 하더나?"라고 묻는다. 도대체 나의 이 시집살이는 언제나 끝나려는지? 우리 시어머님이 돌아가신 지 십수 년이 지났는데도 어머님 친구 분들이 나의 일거수일투족을 감시하는 느낌이다. 내가 뭔가를 까주는 일을 하지 않는데도, 뜬금없이 왜 그렇게들 관심이 많은지…….

이웃들이 보이는 관심을 부담스럽게 받아들이기 시작한 엄마는 가끔 이렇게 투덜거렸다. 그래서 엄마가 내린 결론은 학교를 다니지 않는 날에도 그냥 집을 나가는 것이다. 매일 집에 잘 있던 사람이 어쩌다 나가면 뒷말이 나오지만, 매일같이 나가면 결국엔 저 사람은 원래 저렇게 돌아다니는 사람인가보다 생각하고 말 것이라는 계산속에서다. 그리고 어쩌면 그 이면에는 동네를, 집을 벗어나고 싶은 갈망이 자리 잡고 있었는지도 모르겠다. 엄마에게 근사한 집을 사드릴 능력이 안 되는 우리 형제에게 부담이 될까 차마 말씀은 못하고 있지만.

"〈날마다 집을 나가는 여자〉, 제목이 멋져요."

엄마의 가슴 깊이 숨겨둔 갈망이 무엇인지, 차마 묻지는 못하고 블로그에 올린 제목이 소설 같다고만 말했다. 그러자 수화기 저편에서 기분 좋은 웃음이 흘러나온다.

"맞나?"

내가 떠나고 싶었던 곳을 당신이라고 지키고 싶었을까.
내가 원했던 자유를 당신이라고 원하지 않았을까.

이웃집 3층 건물을 다시 짓느라고 쇠파이프를 세워 집 주위에다 천막을 치고 집수리 준비를 하고 있었다. 그 모습을 보고 건물 수리가 끝날 때까지 소음에 시달리고 먼지께나 마시겠다는 생각을 했다.

오후에 건물 주인이 미용티슈 한 줄을 들고 왔다. 말하자면 티슈 한 줄로 이웃의 인심을 사러 온 것이다. 그 사람은 집수리를 하는데 먼지도 날리고 소음이 날 것이라면서, "골목에 자동차가 들어갈 경우 말씀만 하시면 언제든지 길을 치워주겠습니다"라는 말을 덧붙였다.

'웃는 얼굴에 침 못 뱉는다'는 속담은 정말 명언이다. 또 한동안 먼지가 나고 시끄럽겠구나 하는 마음이 싹 사라지는 데 나도 놀랐다. 티슈 한 줄을 받은 것도 작용했겠지만, 새로 이사 올 동네를 다니면서 인심을 사려는 노력이 보여서다.

언젠가 친정아버지께서는 이렇게 가르쳐주셨다.

“집은 40냥 주고 사고, 이웃은 60냥 주고 사라.”

나는 아직 집을 사서 이사 한 번 한 적이 없기 때문에 한 번도 아버지의 가르침을 실천하지 못했다. 얼마나 발전이 없으면 시집 온 집에서 이날까지 40년을 넘게 살고 있을까. 새로 건물을 지으려고 동네를 다니면서 민심을 수습하는 건물 주인도 40년 전에 지금 다시 짓고 있는 그 집에서 살았는데 이사해서 전세를 주었다고 했다.

내가 70년도에 이 동네로 시집왔지만 한 번도 본 적이 없다고 했더니, 그는 그때 고등학생이었다고 한다. 하긴 학생이면 그렇겠다. 그러고 보니 그 부모님은 안면이 있다. 어쨌든 소통은 이런저런 이야기로 혹시라도 있을 법한 마찰을 미리 예방하는 기능이 있는 것 같다.

건물 주인은 “잘 부탁합니다”라고 했고, 나는 “그럼요. 동네가 깨끗해지면 좋은 일 아니겠어요?”라고 했다. 그 사람은 티슈 한 줄로 이웃을 샀고, 나는 먼지와 소음을 참으면서 이웃을 맞이했다. 기분이 나쁘지 않다.

엄마의 고백

학교 간다고 오후에는 가게 문을 닫는 바람에 오전에도 손님이 안 온다. 사람들이 으레 저 가게는 가 봤자 문이 닫혔으리라는 인식을 한 것이다. 흔히들 우스갯말로 육십만 되면 배운 사람이나 못 배운 사람이나 똑같고, 칠십에는 돈이 있는 사람이나 없는 사람이나 똑같고, 팔십에는 산에 있으나 집에 있으나 똑같다고 한다.

음미해보면 다 맞는 말인 것 같다. 맞는 말임에도 불구

하고 배우고 싶은 것은 숨을 쉬고 살아 있기 때문일 것이다. 좋지 못한 기억력을 가지고서라도 공부를 하는 것은 그것이 원인이 되어 다음 생에 공부와 인연지어지기를 바라서이다.

나는 때때로 엄마의 글을 읽다 깜짝깜짝 놀랄 때가 있다. 내가 알지 못하는 어느 하루의 일상을 엿볼 때도 그렇지만, 그보다는 문득 드러내 보이는 당신의 생각 때문이다. 나이가 들어서라도 공부에 매진하다보면 다음 생애에서는 공부와 인연 짓는 인생을 살 수 있을 것 같다니. 그 간절함이 얼마나 깊으면 이 같은 생각을 다할까.

하지만 나는 안다. 학교를 다니는 엄마의 선택과 용기 뒤에는 간절함보다 더 강한 힘이 있다는 것을.

언젠가 엄마는 지난 세월을 돌아보며 쓴 글의 마지막에 이런 글귀를 적어 두었다.

나는 나를 사랑한다.

사람이 살아가면서 가장 끈질기게 가지고 있어야 하는 것은 자존감일지도 모르겠다는 생각을 할 때가 많다. 자존감은 내가 나로 있게 하는 힘이자 내가 나를 미워하거나 자책하지 않게 하는 힘이기도 하다. 내가 가진 자존감의 많은 부분에는 엄마가 있었다. 엄마가 내 엄마로 있어주었기에 엄마의 딸인 나는 결코 가벼이 나를 대할 수가 없었다. 그리고 엄마에게는 자식들이 당신의 자존감을 지탱하는 힘이었을 것이다. 하지만 그것이 엄마가 당신을 사랑한다고 당당하게 고백할 수 있는 이유는 될 수 없다. 자식의 인생이 엄마의 인생을 대신할 수 없듯, 엄마의 인생도 자식이 대신할 수는 없기에.

엄마의 딸인 내 입장에선 거의 혁명적이기까지 했던 엄마의 문장이 가지는 의미는 컸다. 엄마는 당신을 사랑한다. 내 엄마는 당신을 몹시 존중한다. 간혹 가난 때문에 누추함을 느꼈을 때가 있다 해도 그것이 엄마를 당혹스럽게 하지는 못했으리라. 가난이 엄마에게 줄 수 있는 것은 생활의 불편함 혹은 당신 자식들에게 더 많은 것을 해주지 못하는 미안함뿐이었을 것이다.

엄마는 당신 자신을 사랑한다.

이 고백은 내가 이제껏 엄마에게 받은 가장 큰 선물이며 가장 기쁜 고백임을 어떻게 설명할 수 있을까. 컴퓨터 앞에 앉아 나도 모르게 탄성을 내질렀던 그 순간의 행복을 무엇으로 설명할 수 있을까.

어머니, 당신은 지금 당신이 원하는 삶을 살고 계신 거죠?

그러니 나이가 무슨 상관일까. 다른 사람들의 시선은 또 무슨 상관일까. 설혹 공부와의 인연이 다음 생애로 이어지지 않는다 해도 엄마는 지금 당신의 선택을 되돌리지 않을 것이다.

꽃보다 아름다운 학생들

어릴 때 읽었던 책 중 가장 기억에 남는 것은《빨강머리 앤》이다.《빨강머리 앤》에 어찌나 매료 되었던지 밤마다 읽고 또 읽었다. 책장에 꽂아 둔 다른 책들에 비해 유독 너덜거릴 정도로 반복해서 읽었던 것은 그 책뿐이다. 때문인지《빨강머리 앤》에 나오는 장면이 지금도 머릿속에 그려진다.

어느 날 저녁, 창밖을 바라보며 슬프게 우는 앤을 본 마릴라가 물었다.

"앤, 왜 우니?"

"다이애너를 좋아해요. 그 아이 없이는 못 살아요. 하지만 그

애도 언젠가는 시집을 가버리겠죠. 그럼 전 다시 혼자가 될 거예요. 상상을 하는 것만으로도 슬퍼요."

마릴라는 앤의 대답에 배꼽을 잡고 웃었다. 하지만 그건 누가 웃을 일은 아니었다. 앤에겐 더할 나위 없이 중요하고 진지한 근심이었으니까.

생질녀가 신혼여행에서 돌아오는 수요일에 결석하고, 목요일엔 사돈집에 가느라 또 결석했다. 결석은 한 번 하기가 어렵지 일단 하고나니 만만해진다. 그런데 오늘 낮에 반 친구 3명이 전화를 했다.

지난 이틀간 우리 집과 가게에다 전화를 해도 안 받는다고 무슨 일이 있었냐는 것이다. 내가 결석하든 출석하든 시작종은 울릴 것이고, 종례 시간은 지나갈 것이다. 한 사람쯤이야 있는 둥 없는 둥 할 것 같았는데, 반 친구들이 걱정을 해주니 기분이 좋다. 이렇게 되면 졸업할 때 눈물이 나올 것 같다.

언젠가는 다가올 수밖에 없는 이별을 걱정하는 엄마에게서 먼 미래의 이별을 걱정하는 앤의 모습이 겹쳐졌다. 고아원에 있는 동안 앤의 친구는 오직 상상속에만 존재했다. 앤은 초록지붕의 아이가 되어서야 진짜 친구를 만났다. 바로 다이애너다. 엄마에게 학교 친구들은 '다이애너'였을 것이다. 진짜 중학교의 같은 반 친구들.

인연을 쌓아 가는 중인가요? 교실에서 특별한 인연을 만났나요? 질투하지는 않으렵니다. 우리 형제들의 어머니에서 다른 이의 동급생이 되어도, 우리에게 주었던 마음을 다른 이에게 나누어주어도.

저녁 6시면 언덕배기 아래의 교실로 모여드는 학생들이 있다. 가까운 이들에게 이해는커녕 자신이 중학생이라는 사실을 당당히 밝히지 못한 이들도 있을 것이다. 하지만 그 교실에서 그들은 서로의 마음을 어루만지고 위로할 것이다. '너도 그랬구나, 그때 나도 그랬다. 하지만 이제 우리는 여기에 있지.' 이렇게.

그곳에 있는 어른 중학생들은 꽃보다 아름답다. 만난 적도 없고 얼굴도 모르지만, 들판에 만개한 꽃보다 향기롭다.

#1

공부 시간에 일어난 여러 일들이 코미디 그 자체다. 영어 시간에 서수를 배우는데 영어 선생님께서는 반복 학습을 하시고는 계속 '알았지요?'라고 하신다. 아마도 직업적으로 입에 붙어 '알았지요?' 하시는 것 같다. 그러자 이틀씩이나 결석한 친구가 "선생님 안 배웠는데요"라고 대꾸한다. 자기가 결석한 것은 생각도 안 하고, 안 배웠다고 하는 것이 또 얼마나 우스웠던지, 꼭 열네 살짜리 중학생이 하는 행사 그대로다. 목, 금요일이 되면 선생님들 모두 목소리부터 변한다. 몹시 피곤하여 생 몸살을 앓는 것 같다. 수학도 한 단원 배우고는 도돌이표처럼 되돌아가서 복습하고, 또 복습하는 식이다. 성인반 학생들은 이해는 잘하는데 잘 잊어버린다는 국어 선생님의 말씀이다.

#2

동무들은 어버이날이라고 결석을 많이 했다. 자녀들과 모여서 저녁 식사를 같이 한다는 이유다. 한복집을 하는 동무가 쑥떡을 해왔다. 나는 오늘 우리 반 막내 주려고 된장과 고추장을 조금 가져갔다. 어제 교실에서 별일 아닌 일로 막내가 눈물을 흘리는 것을 보고 내 마음이 아팠다. 내가 생각하기에 별일이 아니라고 우겼지만, 듣는 본인은 던진 돌에 개구리가 맞았다고 했다. 우리 반에서도 막내고, 우리 아들과 한동갑이라서 볼 때마다 항상 마음이 짠하다.

초등학교 5학년 때 어머니를 여의고 편부 슬하에서 자랐으니 얼마나 어머니의 정이 그리웠을까? 그럼에도 항상 밝게 웃고 다니고 인상이 좋아서 우리 반에서도 귀여움을 한 몸에 받는 아이이다. 그런 아이가 어제 울고 있는 모습을 보는데 얼마나 가슴이 쓰리던지. 같은 버스를 타고 가면서 이야기 끝에 장 뜬 애기가 나와서 내가 "된장 좀 줄까?"라고 물었더니, 된장을 잘 먹는다고 하면서 "주면 고맙게 잘 먹겠습니다"라고 한다.

오늘도 같은 버스를 타고 맨 뒷 좌석에 앉아서 이야기를 하게 되었는데, 지금 고등학교 3학년인 딸아이와 고등학교 1학년인 아들과 산다고 했다. 두 남매가 갓난쟁이였을 때는 직장에서 집으로 퍼떡(빨리) 가서 아기 젖 먹이며 일을 다녔다고 한다. 내가 대수롭지 않게 예사로 이렇게 물었다.

"그럼 아기는 누가 보고?"

"애기 아빠가 봤어요."

"애기 아빠가 직장은 안 다니고, 혼자서 돈 벌었나?"

"애기 아빠가 아파서요. 아들이 일곱 살 때니까, 십 년 전에 죽었습니다."

유구무언(有口無言). 나는 할 말이 없었다. 어린 남매를 키워 한꺼번에 고등학교를 보내는 훌륭한 어머니가 바로 내 옆에 있었구나. 아직 결혼도 안 한 또래도 많은데 젊은 나이에 그렇게 힘들게 살아왔네. 병든 남편, 어린 남매, 참 힘들었을 텐데 용감하게 잘도 살아온 것 같다. (그래, 내가 친정어머니처럼 된장, 고추장, 멸치액젓을 나눠줘야지!) 아이가 아이를 낳아서 버리지 않고 잘 키워 교육까지 시키고 있었구나. 존경할 만한 훌륭한 어머니다.

지난달에는 며칠 결근으로 월급이 더 적어졌다고 한다. 내 연금보험 들어가는 것만큼 월급을 받았단다. 결근을 안 하고 받는 급여가 얼마나 더 보태져서 나오는지는 모르겠지만 남매는 고등학생이고, 엄마는 중학생이다. 그런데 얼굴에 힘든 내색이 전혀 없으니 말 안 했으면 정말 그런 아픔이 있는 줄 까맣게 몰랐을 것이다.

#3

우리 반 동무가 부전 전자상가에 볼 일 보러 왔다가 우리 가게에 들렀다. 호박찌짐(호박부침)과 단감을 대접했다. 그런데 방금 순대국밥으로 점심을 먹었다면서 별로 먹지 않았다. (그 맛을 모르다니 아깝다) 그 애는 16년 전에 사업을 하던 남편이 경리와 눈이 맞아 이혼을 한 후, 보험설계사로 일하면서 남매를 대학교까지 공부시켰다. 남매가 필요로 하는 보험도 5년만 일하면 끝이 난다고 한다.

그러고 보니 우리 반 애들 중엔 훌륭한 어머니가 참 많다. 보기에는 곱상한데, 어디에서 그런 원더우먼 같은 힘이 나서 그렇게 어머니 노릇을 잘할 수 있었는지 이야기를 듣는 중에도 그저 감동스럽고 존경스럽기만 하다. 나 같으면 어림 반 푼어치도 없다.

높고도 큰
초등학교 졸업장

뉴스의 한가운데는 항상 돈 이야기가 따라 다니고, 그 단위가 억으로 시작되지만, 억의 시작도 십원부터이고, 중, 고, 대학은 물론 유학도 초등학교 졸업증명서가 있어야 된다는 평범한 사실, 아니, 경우에 따라서는 절대 평범할 수 없는 기막힌 사연을 듣고 마음이 짠한 적이 있다.

지난 체육 대회 때 스쿨버스를 탔는데, 내 옆 좌석에 앉은 성인반 학생은 나보다 세 살 위지만 나와 같은 1학년으로 주간반이라고 했다. 그 학생은 서울에서 초등학교 5학년까지 다니다가 부산으로 이사 온 후 더 이상 학교를 다니지 못해 초등학교 졸업장이 없었다고 한다. 그런데도 중학교를 다니고 싶어 1년 전에 우리 학교에 들어오려 했지만 초등학교 졸업증명서가 없어 입학할 수 없다는 소리를 들었다. 그 길로 학원에 등록해 초등학교 과정을 배우고 검정고시로 초등학교 졸업 자격증을 받았다. 그 졸업장이 있어 올해에는 성인반에 입학할 수 있었다고 하면서 이런 말을 했다.

"그때는 초등학교 졸업장이 그렇게 커 보일수가 없었고, 그렇게 높아 보일 수가 없었어요."

얼마나 간절했으면 그 나이에 초등학교 검정고시 학원에 다니려는 용기를 냈을까. 나도 그렇게 했을까? 분명 그랬을 것이다.

그런데 오늘 또 우리 반 친구의 이야기를 듣고 중학교에 입학하려면 초등학교 졸업증명서를 가지고 있는 것과 없는 것이 얼마나 차이가 나는지를 새삼 느끼게 되었다.

우리 반 친구는 주간에 다닌다는 그 학생과 똑같이 초등학교 5학년까지 다니다가 어머니가 돌아가시는 바람에 더 이상 학교를 다니지 못했다고 한다. 다행히 5학년 선생님의 도움으로 졸업장을 받았다고 한다. 초등학교 졸업장이 있는데도 학원에 가서 국어를 배웠고, 국어를 더 배우려고 중학교에 입학했다.

내 딸보다 두 살이나 어리지만 결혼을 하여 1남 1녀를 두었고, 남편은 동아대학교에 다닌다고 하니 우리 반 친구의 가족은 모두 학생 가족이다. 우리 반에서 함께 공부를 하고 있으니 '이제 중학생이구나' 하지, 모르는 곳에서 만났다면 대학을 졸업했다고 해도 될 만큼 귀티가 나는 것이 아주 인상도 좋다.

초등학교를 다니던 때이다. 몇 학년 때였는지는 정확하게 기억이 나지 않지만 어느 날 교실 문을 열고 들어선 선생님은 질문지 한 장을 나누어주었다.

질문지에는 살고 있는 집이 자택인지, 전세인지, 달세인지에 대한 질문을 필두로 부모님의 학력사항까지 묻는 문제 아닌 문제들이 죽 나열되어 있었다.

우리 집을 왜 궁금해 하는 거지? 텔레비전이나 냉장고가 있는지 없는지 알면 어떻게 할 건데? 아버지의 직업은 왜 물어볼까? 부모님의 학력은 알아서 뭐 할 건데?

쓰라고 하니 쓰기는 하겠지만 결정적으로 나는 부모님의 학력에 대해 아는 바가 없었다. 도대체 선생님은 그런 것들이 왜 궁금했던 걸까? 언젠가 아버지의 동창 모임에 따라갔다가 아버지의 모교인 고등학교에서 하루 종일 즐겁게 논 기억이 있다. 그 날의 모임으로 나는 아버지가 '고졸'임을 알았다. 그리고 부부는 일심동체라고 하니 엄마도 대충 그럴 거라 생각하고 두 분의 학력란에 '고졸'이라고 썼다.

한 친구가 손을 씻고 오면서 이렇게 말했다.

"세상에 비밀이 없네."

다른 교실에서 같은 직장에 다니는 동료를 보았다고 한다. 한마디로 '딱 걸렸다'는 것이다. 같은 직장이 문제가 아니다. 우리 반 친구도, 그 동료도 직장에서는 고졸인줄 알고 있다고 한다. 둘 다 똑같이 거짓말을 했는데 중학교 교실에서 마주쳤으니 거짓말이 뽀록나버렸다.

학력을 속이는 일은 '나'라고 자유로울 수는 없다. 결혼할 때 이미 우리 남편에게 중학교를 나왔다고 속이고 결혼을 했으니 그 친구보다 훨씬 이전에 학력을 속인 셈이다.

그랬구나. 학력을 속이고 결혼하셨구나.

이제야 엄마의 속사정을 알고 혼자 한참을 낄낄거렸다.

그런데, 아버지는 결국 알았을까? 만약 알았다면 언제 알았을까? 젊은 날 조일에 놀러간 아버지는 마을 처자인 엄마를 보고,

아는 이에게 이렇게 말했다고 한다.

"저 여자랑 만날 수 있게 시간 좀 잡아줘."

며칠 후, 엄마와 아버지는 명목상으로 선이라는 것을 보았지만 아버지의 마음엔 이미 엄마가 자리하고 있었다. 그로부터 몇 달이 지나 두 분이 결혼을 한 후에도 아버지는 엄마만 찾았다. 엄마는 당신의 아내이지 당신의 엄마가 아닌데도 아기새마냥 엄마가 없으면 불안해했다. 그런 아버지였으니 엄마의 학력은 중요했을 것 같지 않다.

누군가는 당연하게 누렸던 것이 누군가에게는 전혀 당연하지 않다. 어떤 면에서는 상실감을 줄 수도 있는 일인데 엄마는 자신이 가지고 있는 '작은 것' 하나에도 감사해야겠다고 말한다. 도대체 학력이라는 게 무엇이기에 이 아름다운 사람들을 울리고 웃기는지 새삼 궁금해진다. 엄마의 말마따나 '생활이 불편한 것도 아니고, 목숨에도 지장이 없는 학력'이 도대체 뭐라고.

그래도
시험 성적은 기대

결국 엄마에게도 시험 기간이 도래했다.

#1

시험공부를 좀 해야 되는데. 이상하게도 집에서는 공부가 안 된다. 우리 아이들도 이랬나?

그래도 예비시험을 본 것으로 몇 번 읽어보기는 했고, 부담스럽지 않게 시험을 볼 생각이지만 수학, 과학은 부담이 된다.

기술을 배워야 되는 나이도 아니고, 국가고시에 응시하는 것은 더더욱 아니며, 취직시험 준비해야 되는 청춘도 아니다. 다만 나는 이승에서 중학교 공부를 한번 해보고 싶어 하는 학생이니까 시험을 쳐 보는 것도 나쁘지 않은 듯하다. 그런데 우리 교실은 시험을 엄청 부담스러워 하는 분위기다.

#2

정말 살아볼 만한 세상이다. 중학생이 된 것만 해도 가슴 벅찬데 시험도 쳐보고, OMR 답안지에 빨간색 펜으로 체크도 하고, 까만색 컴퓨터 펜으로 마킹도 하고. 할 짓은 다 해보아서 죽어도 여한은 없을 것 같다.
오늘 본 시험은 체육, 영어, 도덕, 사회였다. 시험 치면서 빨간색 볼펜으로 체크를 하여도 수정 테이프를 두 곳에나 붙였다. 할 짓은 다 해요.
내일은 국어와 음악시험을 친다. 음악도 그렇지만 국어가 걱정이다. 내가 중학교에 다니는 이유 중 하나가 국어를 제대로 배우고 싶어서다. 그런데 막상 배우고 보니 국어가 가장 어렵다. 뭐, 다른 과목이 쉽다는 말은 아니고. 언젠가는 국어가 꼭 필요할 것 같아서 반드시 배워야 하는 과목이라서 더 신경이 쓰인다.

성적은?

말로는 엄마가 학교생활을 즐기는 것만으로도 좋다고 해놓고 내심 엄마의 성적이 어찌나 궁금하던지. 좀 더 솔직하게 말하자면, 엄청나게 높은 점수를 기대했다. 사실 그러한 기대를 가지게 한 건 다름 아닌 엄마 자신이다. 엄마는 그동안 우리 형제의 기대감을 한껏 부풀려 놓는 우를 범하고 말았다.

#1

오늘 수학 시간에 '조건제시법'을 나타내라는 문제에 내가 답했더니 수학 선생님께서 나보고 천재학생이라고 하면서 칭찬해주셨다. 기분이 좋았다. 모두가 다 알고 답을 했는데, 한마디 다르게 답한 것 가지고 그렇게 말해줘서 얼마나 즐거웠는지 모른다. 칭찬 들어 기분 좋은 것은, 나이하고는 아무 상관이 없는 것 같다. 그런데 칭찬하기가 무섭게 다른 문제는 틀려버렸다. 속담에 '분다, 분다하면 하루아침에 딩개(나락이나 보리 겨) 석 섬 불고, 재 분다'고 하더니만 잘한다고 하니까 또 대답하다가 틀린 답을 말했다.

#2

국어 선생님께 칭찬을 들었다. 빈자일등(貧者一燈)에 대한 이야기를 아느냐는 물음에 내가 고사 이야기를 했다. 부처님께 등불을 공양할 때 가난한 할머니가 공양한 보잘 것 없는 등불이 부자들이 공양 한 최상의 등불보다 더 오래 켜져 있었다. 말하자면 물질의 많고 적음보다 정성이 더 소중함을 일컫는 이야기라고 대충 대답했더니 선생님께서는 정확하게 알고 있다고 하시면서 덧붙여 "저 학생은 아는 게 참 많다. 그러기도 어려운데"라고 하셨다. 칭찬의 말씀이시다.

내 나이가 이순(耳順)이 넘었다. 이순이면 어떤 말이든지 순하게 들어야 되는 나이라고 한다. 그럼에도 불구하고 칭찬이 싫지 않다. 아니 그냥 즐겁다.

아는 게 많은 학생, 천재 학생.

정말 흐뭇했다. 설혹 틀린 답이라고 해도 엄마가 수업 시간에 손을 들고 대답하는 모습이 좋다. 오, 우리 엄마 적극적인 학생이네. 평상시 유난히 수줍음이 많은 분이라고 생각했는데, 학생으로서의 엄마는 꼭 그렇지도 않은 모양이다.

우리 형제 중 누구도 유치원은커녕 그 흔한 학원 한 번 다녀본 적이 없다. 대신 초등학교를 가기 전 한글, 한자, 구구단 암기, 셈하는 법, 시계 읽는 법 등을 모두 엄마에게 배웠다. 그 당시 엄마가 가르쳐주지 않았던 것은 영어뿐이다. 우리 때만 해도 영어는 중학교나 가서 배우는 것이었으니 별 상관이 없는 과목이기도 했다.

어린 우리들에게 선생님이기도 했던 엄마다. 엄마가 우리의 기대감을 한껏 올려놓지 않았어도 은근히, 아니, 계속 대놓고 기대했을 것이다.

그리고 결국 그날이 왔다.

지난주에 시험 친 성적이 나왔다. 석차를 두지 않는 것을 원칙으로 한다고 했다. 본인 성적만 선생님께서 개인에게 직접 나누어줘서 본인이 이야기하지 않으면 아무도 모른다. 성적이 낮으면 쪽 팔려서 학교에 안 나올 수 있을 것이라고 생각하는 것 같다. 다 똑같다고 생각한다. 똑같은 입장인데 누구는 잘 쳤고, 누구는 못 쳤겠는가. 비슷비슷하리라 믿는다. 나도 공개하기는 좀 뭐 하지만, 중학교에 입학한다고 자랑을 많이 했으니까 점수를 올려본다. 점수가 만족스럽지 않다고 해서 부끄럽지는 않다. 학교생활이 재미있어 그것으로 만족하려고 생각하고 있으니까.

〈중학교 첫 시험 점수〉

도덕	국어	사회	과학	체육	음악	영어	수학
87	95	100	95.6	90	76	78.4	82

세상에, 국어가 95점이라니.

엄마처럼 나도 국어 성적부터 눈이 갔다. 뒤이어 사회가 100점이라는 것을 알고 혼자서 '세상에'를 연발했다. 세상에, 어떻게 이렇게 잘 하는 거야?

옆방으로 달려가 동생에게 물었다.

"성적표 올라온 거 봤어?"

만약 친구들이 옆에 있었다면 그들을 붙잡고 일일이 자랑했을 것이다.

어쩌면 이렇게 모순투성일까. 평소 성적이니 뭐니 하는 것들로 수많은 아이들을 힘들게 하는 구조적 문제에 비판적인 견해를 가졌는데도 엄마의 성적에 기뻐하고 있는 건 또 뭔가. 엄마가 아니라 내 정체부터 알아야 하는 것은 아닌지. 목하 고민 중이다.

그런데 입장이 바뀐 건 엄마도 마찬가지다. 공부를 해야 하는데 하면서도 책상 앞에 앉으면 컴퓨터 오락만 하고 있는 당신 스스로를 탓하면서 이렇게 썼다.

아이들을 키울 때가 생각난다. 현철이가 오락실에서 늦게 오면 꾸중을 하기도 하고, 어떤 날은 내가 오락실까지 찾으러 가 우리 현철이가 오락 하는 것을 보면 너무 재미가 있어 어깨너머로 구경하다 같이 온 적도 있다. 그 아이는 다섯 살 때도 집에 들어오지 않아 찾아보면 만화방에서 아주 재미있게 낄낄거리고 웃으면서 만화를 보고 있었다. 어른인 나도 제어를 못하는데 어린 아이들이야 오죽했겠나.

건강에 대한
엄마의 견해

'이러저러한 문제로 학교를 다닐 수 없게 될까 걱정이다'에서 엄마가 걱정하는 이러저러한 문제 중 하나는 '건강'이다. 나부터도 매년 몸이 달라지는 걸 느끼는데 엄마는 오죽할까.

예전 어른들은 아이들이 커가는 것을 보며 자신이 늙는 것을 안다지만, 나는 내가 예전의 나 같지 않은 것을 느낄 때마다 엄마를 떠올린다. 내가 한 살 먹을 때, 엄마도 한 살 먹을 것이다. 누구에게나 똑같이 주어지는 시간이 우리 엄마라고 비켜 갈까. 하지만 가능하다면, 고려시대의 시인 우탁처럼 한 손에는 막대를 잡고 다른 한 손에는 가시를 들고 엄마를 향해 달려가는 저 세월을 막고 싶다. 오래도록 건강하게, 초록지붕의 빨강머리 앤처럼 발랄하게 학교를 다닐 수 있도록.

#1

언제부터인가 아무 운동도 하지 않고 지냈다. 학교에 다니고부터인 것 같기도 하다. 새벽 예불에 가지 않으니까 당연히 백팔배도 안 하고, 운동장 돌기도 하지 않았다. 게으름을 피운 결과로 골감소증이란 판정을 받은 것이다. 몇 년 전에 골밀도 검사를 받았을 때는 의사 선생님이 '정상보다 더 정상'이라는 말을 해 두 번의 정상이란 말이 참 묘(妙)하다는 생각을 했었다. 이번에도 또 그럴 것이라 기대를 했다. 그런데 골감소증이란다.

며칠 전부터 삼광사에서 성지곡 수원지로 넘어가는 길을 걷기 시작했다. 수원지 산과 당감동으로 이어지는 사거리에는 웬 잠자리가 그리도 많은지.

고추잠자리도 아닌 것이, 노르스름한 잠자리가 떼를 지어 아주 낮게 날고 있었다. 그러고 보니 지나오는데 집 없는 민달팽이가 여러 마리 기어 나오는 것도 보였다. 어제 본 민달팽이는 오늘 보니 죽어 쪼그라져 있었다. 조만간 비가 올 것 같다.

옥천수에서 약수 한바가지를 마신 후 훌라후프를 돌리고 줄넘기를 하다 문득 다른 아주머니들은 무슨 운동을 하는지 궁금해졌다. 주위를 살펴보니 한 아주머니가 철봉에 거꾸로 매달려 있다. 깜짝 놀라 다시 보니 철봉에 발을 고정시키는 기구에 대롱대롱 흔들리며 매달려 있다. 나도 저렇게 해 보아도 될까?

아니오, 어머니. 그렇게 하면 안 될 것 같아요. 혹시 떨어지기라도 하면 어쩌려고요?

#2

철길을 가로지르는 구름다리 아래 주차장이 생긴 이후로 날마다 폐지를 담은 손수레나 트럭이 많이 들락날락거린다. 내가 궁금한 것은 또 못 참아 그 안쪽으로 가 보았더니 갈치 꼬리처럼 길게 생긴 공터가 그곳에 있다. 절대로 건물 같은 것은 지을 수 없는 땅이다. 땅주인은 철도 부지를 불하 받을 때 땅의 생김새는 보지 않고 평수만 봤나 보다. 그게 바로 탁상공론의 비극이지 싶다.
오늘은 그 길 입구에 택배차가 가로막고 있어 손수레를 끌고 가던 할머니가 가장자리로 어렵게 지나치려다 중심을 못 잡고 수레를 휙 넘겨버렸다. 택배기사는 못 본 척

가버리고 할머니가 혼자 남아 애타 하신다. 보다 못해 미곡상 친구와 같이 도와주려고 폐지가 가득한 수레를 일으키는데, 한 번 넘어진 폐지는 중심을 못 잡고 삐딱하게 한쪽으로 기울어졌다. 전부 다 내려 새로 실어야 한 판이다. 할 수 없이 "할머니, 고물상 아저씨께 좀 가져가라고 하세요"라고 했다.

할머니가 아저씨를 데리러 간 사이에 다른 할머니가 고물상에서 나와서는 나보고 이렇게 말한다.

"저 할머니의 나이가 구십인데 이곳 고물상에서 돈을 더 쳐준다고 전포동에서 여기까지 옵니다. 나도 저 할머니가 말해줘서 이 고물상에 오게 되었어요."

세상에. 그렇게 안 보이시던데 구십이셨구나.

나는 나이 많은 어른이 폐지를 수집하는 걸 불쌍하게 생각하지 않는다. 이웃에는 부자로 살면서도 건강하지 못해 의료기에 의지해 다니는 사람도 있다. 그 사람과 비교해 보면 폐지를 수집하여 한가득 싣고 다니는 할머니가 행복까지는 아니어도 그리 불행하게 보이지는 않는다.

건강과 재물을 같이 가지고 있으면 더할 나위 없이 좋겠지만 두 가지 중 한 가지를 가지라면 재물보다는 건강이 더 좋다는 생각이다. 아마 할머니도 이 세상에서 건강을 능가할 행복은 아무것도 없다는 것을 아시리라 미루어 짐작한다. 왜냐하면, 할머니는 나보다 훨씬 많은 세월을 보냈으니.

내가 서울로 올라온 후 우리 동네는 조금씩 변하기 시작했다. 가장 눈에 띄는 변화는 구름다리 아래 연탄공장이 문을 닫은 것이다. 이제는 검은 동산처럼 수북이 쌓여 있는 석탄더미는 보이지 않는다. 저녁 6시만 되면 공장의 인부가 굵고 긴 호스를 끌고 나와 온종일 동네 구석구석에 흩날린 석탄가루를 물로 씻어내리는 일도 없어졌다.

연탄공장 입구의 땅 일부는 공터가 되었다. 얼마 후 공터는 차를 몇 대나마 세울 수 있는 주차장으로 바뀌었고, 주차장 한구석은 폐지를 쌓아두는 공간으로 활용되었다. 그리고 이제껏 우리 동네까지 올 일이 없었던 할머니들이 그들의 나이만큼이나 무거운 폐지를 수레에 싣고 찾아오기 시작했다.

나는 엄마의 글을 읽으면서 오래 전에 내려놓았어야 마땅한 노동의 무게를 짊어진 노인들의 팍팍한 삶이 애처로워, 부디 그들의 어깨가 너무 무겁지 않기를 바랐다. 하지만 이 또한 내 마음이 편해지고자 흘리는 악어의 눈물일지도 모르겠다. 다시 내 일상으로 돌아가면 나 살기만 바빠 허둥거리고 있으니.

처음 듣는 이야기

아버지는 일본에서 태어나셨다고 한다. 일제 강점기에 할아버지와 할머니가 보따리 장사를 한다고 일본까지 건너가셨기 때문이다. 언젠가 그 사실을 알았을 때는 '그렇구나, 아버지가 일본에서 태어나셨구나' 하고 고개를 끄덕이는 것으로 끝냈다. 지금 생각해보면, 아무리 어렸다고 해도 어쩜 그렇게 무심했을까 싶다.

'어쩌다 일본까지 가셨대요?'

아주 당연하게 나올 법한 이런 질문을 한 번도 한 적이 없으니.

할아버지와 할머니는 일제 강점기, 해방, 6.25전쟁 등 지난한 역사를 방패막 하나 없이 고스란히 맞이했던 분들이다. 그분들의 삶이 곧 역사였다. 그리고 그것은 나의 성장 배경으로 이어지는 것이기도 했다. 책에서는 배울 수 없는 이야기의 산증인들을 바로 내 앞에 두고 있으면서도 나는 그것을 놓치고 말았다. 기껏해야 내가 알고 있는 것은 할아버지와 할머니가 우리 형제들에겐 더할 나위 없이 자애로운 조부모였지만, 엄마에겐 심통맞고 가혹했던 시부모였다는 것뿐이다.

하지만 그러한 판단은 오로지 내가 가진 기억들을 재편성해서 만든 것에 불과하다. 그분들의 이야기나 속내를 들은 적이 없으니 내가 어떻게 그분들을 안다고 할 수 있을까. 마찬가지로 10여 년 전 세상을 떠난 아버지에 대해서도 나는 속속들이 알지 못한다. 그저 아버지와 얽힌 소소한 추억이 내가 아는 아버지 모습의 전부일 뿐이다.

2층 방에서 여동생이 노래를 부르는 것을 들은 아버지는 그 길로 기타를 사와서는, 계단 앞에 몰래 놓아두고 쏜살같이 가게로 돌아갔고, 내가 중학생이 되는 해에는 거울과 빗을 계단 앞에 조심스레 두고는 가게로 뛰어가버렸다. 그 행동이 어찌나 재빠르고 날렵한지 누가 왔나 싶어 내다보면 계단 아래에는 아버지가 놓고 간 물건만 덩그러니 놓여 있었다.

아버지는 자식에 대한 사랑을 그런 식으로밖에 표현하지 못하는 무뚝뚝한 경상도 사람이었다. 하지만 삼형제 중 누구 하나만 사주면 다른 아이들이 섭섭해할까봐 카세트테이프를 사더라도 똑같은 것 세 개를 구입해 하나씩 나누어줄 만큼 아들, 딸 구별이 없던 분이다.

그런데도, 나는 아버지를 모른다.

아버지의 꿈과 아버지가 보고 느끼는 것, 그리고 그 속내를 알고 싶다고 생각했을 때, 아버지는 온몸의 근육이 마비되는 파킨슨 병에 걸려버렸다. 내가 태어나기 전의 아버지부터 내가 태어난 후의 아버지도 '안다'고 할 수 없을 정도로 나는 그분의 겉모습만 보고 있었는데.

스피치 시간에는 주제를 정해서 연사를 소개하고 또 소개받아서 이야기하는 연습을 했다. 나의 오늘 주제는 남편 이야기였다.

지금은 구경하려야 할 수 없는, 사람 몸에 기생하는 '이'가 1970년 1월에 내가 결혼한 그 당시에는 많이 있었다. 별스럽게 몸이 따뜻한 남편의 내의에는 하얀 서캐 알이 많이 붙어 있어 엑스란 내의를 비눗물에 폭폭 삶아 빨았다. 삶은 내의는 촉감이 몹시 좋아 손으로 조물조물 자꾸 비벼댔다. 그런데 말린 내의는 손 간대로 쪼그라들어 아무리 다림질을 해도 펴지지가 않았다. 새로 한 벌 사면 좋았겠지만 나에겐 내의 한 벌 살 만한 돈도 없었다. 쭈

글쭈글 구겨진 내의를 입고 남편은 머리를 감고 있었다. 마침 우리 집에 오신 시숙모님께서 구겨진 내의를 보시고 투박한 경상도 말로 물었다.

"내복은 와 절로?"(왜 저렇게 되었나?)

새색시 적의 나는 내의가 구겨진 내력을 말하지 못하고 망설이고 있는데, 남편이 대신 말했다.

"아~ 이거, 내가 목욕탕에서 이가 있어 뜨거운 물에 넣었더니 이렇게 되었어요."

남편이 변명을 해줘서 위기를 넘겼다. 얼마나 고마웠던지. 남편이 병중에 있을 때도 힘든 줄 모르고 간병을 한 것은 그때 그 추억이 기억에 남아서 그런 것 같다.

남편과 나는 나이 차이가 8년이다. 남편은 가끔 나 보고 이런 말을 하였다.

"내가 스무 살 때 니는 겨우 열두 살 난 알라(어린아이)다."

나는 또 "그러면 뭐 하노, 한날한시에 어른 되었는데."라고 응수했다.

거의 40년 전 일인데도 말하고 나니 마치 어제 있었던 일인 양 세월의 간극이 느껴지지 않는다. 머릿속에 가두어 넣고 생각만 하는 것과 입 밖으로 내뱉는 게 이리도 다르구나. 괜히 더 그립다.

모든 수업을 마치고 버스 정류장까지 걸어가는 내내 남

편과의 추억을 함께 끌고 갔다. 토닥토닥 한두 방울 비가 내리나 싶더니 버스 좌석에 앉자마자 양동이로 들이붓듯이 세차게 내리기 시작한다. 그렇게 계속 내린 비로 서면 로터리는 숫제 그랑(냇물)을 이루고 있다. 18년 전에 운전면허 필기시험 치고 올 때도 이처럼 비가 내려 도로를 그랑으로 만들었다. 그때 어떤 아가씨의 핸드백이 둥둥 떠내려가는 것도 보았다. 오늘도 무엇이든 떨어뜨리면 동동 떠내려갈 만큼 많은 비가 내리고 있지만, 내가 잡고 있는 이 기억은 쉽게 떠내려갈 것 같지가 않다. 그래서 기억이겠지. 아무리 세찬 비로도 씻어 내릴 수 없으니.

엄마는 비로도 씻어내릴 수 없는 '기억'을 얼마나 많이 간직하고 있을까. 이상한 것은 그 기억이 대화에서는 잘 드러나지 않는다는 것이다. '아버지에 대해 또 말해주실 거 없으세요?'라고 먼저 물었던 적이 없는 만큼 엄마도 '너희 아버지와……'로 시작되는 말을 먼저 한 적이 없다. 어쩌다 가끔 입에 올린 아버지도 우리들이 공통적으로 알고 있는 기억이었다.

엄마가 말하는 아버지는 우리 가족을 위해 성실하게 일했으며, 표현은 서툴지만 자식들을 아주 많이 사랑한 사람이다. 가끔씩 툭툭 던지는 말엔 재치가 있어 듣는 사람이 박장대소를 할 만큼 유쾌한 사람이기도 했다. 내가 기억하는 아버지도 그렇다.

하지만 엄마는 아버지가 얼마나 자주 술을 마셨는지, 술주정은 또 얼마나 심했는지에 대해서는 말하지 않았다. 우리도 다 아는 일이었지만 엄마가 들려주는 아버지의 이야기는 단점 하나 없이 그저 좋은 사람이기만 했다.

사실 나도 아버지가 좋았다. 스무 살을 넘긴 후로는 아버지가 참 예뻤다. 어렸을 땐 무뚝뚝하고 성질 급한 아버지가 무서웠지만, 스무 살 무렵엔 되레 아버지가 우리를 두려워하고 있다는 것을 알아차렸다. 세상 많은 아버지들이 그렇듯 당신의 자식에게 사랑을 받지 못할까 전전긍긍하는 모습이 보이기 시작한 것이다. 당신이 미움을 받을까 두려워 가벼운 잔소리도 직접 하지 못하고 엄마의 옆구리를 찌르는 소심함이 애처롭기까지 했다. 하지만 그뿐이었다. 마음만 그러했을 뿐, 아버지에 대해 알고자 더 많은 노력을 기울이지는 않았다. 그래서일 것이다. 엄마가 올린 글에서 가끔 발견되는 아버지가 보물찾기 놀이의 보물처럼 느껴지는 것은.

구미의 금오산에 오면 생각나는 추억 한 토막이 있다.

금오산 입구에 왕 벚꽃이 조화(造花)처럼 소담스럽게 핀 늦은 봄이었다. 남편이 도선굴에 올라가고 싶어 해 함께 올라갔는데, 한 사람만 겨우 지날 수 있는 좁은 길이 나왔다. 남편을 잡고, 다른 한 손은 위험방지 철울타리의 손잡이를 잡았다. 혼자는 괜찮은데, 몸이 불편한 남편을 부축하고 가기에는 좁은 길이었다. 위험을 느꼈을 때는 이미 다른 관광객들이 뒤를 따라 들어와 돌아가지도 못하고, 앞으로만 가야 하는 상황이 참 암담했었다. 그때를 생각하면 아직도 아찔하다. 낭떠러지 위에 한 사람씩만 다니는 길인 줄 알았다면 무모하게 도선굴에 가지 않았을 것이다. 대신 도선굴을 보여주지 않았다면 미안함에 오늘까지 후회를 했을 것이다. 정말 모르면 용감하다는 것을 또 한 번 느낀다. 아마 우리 남편도 속으로는 고집을 피워 내게 미안한 마음도 있었을 것이다. 그래도 도선굴을 다녀온 것이 얼마나 다행인지 모르겠다. 이곳에서도 내가 추억 할 수 있는 흔적을 남겨 놓아서. 비가 추적추적 내리는 오늘 같은 날, 그래도 행복하다.

엄마는 우리가 알지 못하는 아버지에 대한 이야기를 알고 있다. 또한, 우리가 알지 못하는 장소나 시간과 연관된 기억들을 가지고 있다. 엄마의 남편은 나의 아버지보다 훨씬 더 다채로운 빛깔을 지니고 있는 사람이며 나의 아버지보다 훨씬 더 입체적인 사람이다.

그러던 어느 날, 엄마는 작정을 하고 아버지에 대한 이야기를 올렸다. 아마도 우리가 아버지를 잊을까, 혹은 아버지를 알지 못한 채 그냥 살아가게 될까 적잖이 걱정이 되었던 모양이다.

우리 아이들이 아빠에 대해 모르는 것 같아서 여기에 올린다. 날마다 공중목욕탕에 가시고, 약주 하시는 것이나, 약주에 취하면 유머가 많으시고, 너희들에게 간식을 잘 사주시는 것까지는 너희들도 잘 알 것이다. 하지만 너희들은 새벽 일찍부터 밤늦게까지 학교에 있었고, 그 이후로 아빠가 십여 년의 투병생활을 이어가는 동안, 너희들은 객지 생활을 시작했으니 당연히 아빠의 예능을 볼 수 없었겠지.

아빠는 가무를 참 좋아하셨고, 경음악을 잘 들으셨다. 레코드판으로 '황야의 무법자' 같은 노래도 곧잘 들으셨지. 노래방에서 아빠가 '하얀 나비'를 부르시면 정말 감미로웠고, '고래사냥'을 부르시면 속이 시원하게 탁 트였다. 내가 들어본 고래사냥 중 누구도 아빠의 실력을 따라잡을 사람은 없지 싶다.

우리 동네 친목 모임에서는 아빠께서 헌병 하사였다고 '김 하사님'이라고 하거나, 산 길을 잘 걸으신다고 '설악산 다람쥐'라고 불렀다. 춤을 잘 춘다고 친구들이 '부전동 트위스트 김'이라는 별명도 붙여줬다. 물론 내가 보는 앞에서는 절대로 춤을 추지 않으셨다. 내가 따라 배울까봐 그런 것 같기도 하다. 또 한 가지, 너희들이 알면 놀라워 할 일이 있다. 아빠 고등학생 때는 학생들 모아놓고 영어 과외를 할 만큼 영어 실력도 있었단다. 내가 들어봐도 영어 발음은 참 좋다는 생각이 들었다. 어머니 생각에는 집 근처에 하야리야 부대(미군부대)가 가까이 있어 아빠 영어 실력이 좋은가 했지만, 근본적으로 혀가 잘 굴러가는, 말하자면 혀가 긴 것 같았다.

어머니, 아버지의 혀가 긴 건 오늘 처음 알았네요. 영어 발음이 좋았다는 것보다 더 놀라운 일이에요.

그때,
그런 마음도 있었군요

수술로 나을 수 있는 병도 아니라서 남편을 병원이 아닌 집에서 돌보기로 했다. 퇴원할 때 의료기를 파는 가게에 가서 석션기, 코 줄(레빈튜브), 항문으로 대변을 꺼낼 때 사용하는 젤, 일회용 장갑, 거즈, 소독약, 환자용 침대를 구입해 방을 병원 입원실처럼 꾸몄다. 환자용 침대에 누워 시청할 수 있도록 텔레비전도 벽에 설치하고, 집에서 간병하기 시작했다.

미음을 넣는 코 줄 하나에 목숨을 맡겨놓은 남편을 보면 불쌍해서 눈물이 났다. 오남매 중 맏아들이자 삼남매의 아버지라는 막중한 책임은 신경 쓸 일이 많은 자리었나 보다. 어쩌다 파킨슨 증후군이라는 불치의 병을 얻었을까.

'미조 아버지, 그동안 열심히 살았어요. 돈 쓸 자격 있습니다.'

나는 속으로 그렇게 주문을 외웠다. 태산 같은 병이 들었다는 말은 절대로 허풍이 아니다. 정말 태산에 눌린 것처럼 남편은 자신의 손가락 하나 마음대로 움직이지 못했다. 소변은 호스(폴리), 대변은 일회용 장갑을 끼고 젤을 발라서 내가 꺼냈다. 목에 꽂아서 가래를 빼내는 석션과 음식 들어가는 코 줄은 잘 씻어 삶아 늘 소독을 해 두었다. 그렇게 집에서 간병을 한 것이 4년이었다.

누군가가 그랬다. 의료기를 다 달고 퇴원하더라도 집에 가면 얼마 못가 다시 병원에 입원한다고. 그러나 나는 한 달에 한 번씩 의사 선생님께 환자의 상태를 보여주고, 약 처방 받으러 가는 것 외에는 남편을 다시 소독 냄새나고 외롭기만 한 병원에서 시간을 보내지 않게 했다. 모든 의료 기계를 정성껏 소독을 잘했기에 탈이 날 일도 없었다.

남편은 병든 몸으로라도 네 곳의 친목 모임에 자꾸 참석하려고 고집을 피웠다. 그럴 때마다 나는 소변 줄, 코 줄을 맨 남편을 휠체어에 태우고 친목 모임에 참석하도록 했다. 여러 번 설득을 하여 모임을 탈퇴할 때까지 1년은 빠지지 않고 참석했다. 아픈 사람이 있으면 다른 사람들이 불편할 거라는 생각이 들어 그들을 배려해야 마땅했지만, 그런 마음도 신발 밑창에 깔았다. 오직 환자만 생각했다. 아니, 지나고 보니 내 마음 편해지라고 한 것 같다. 그때 다른 회원에게 미안하여 남편 마음을 무시했다면 지금 내가 얼마나 많은 후회를 하고 있을지 눈에 훤히 보인다. 시아버님께서 병중에 계시다 돌아가셨을 때 잘못한 것만 기억에 남아 내가 더 괴롭다는 것을 지난 세월 경험에서 알았기 때문에 더 이상 후회할 일을 만들고 싶지 않았다. 같은 후회를 남기지 않으려고 남편의 간병만은 원도 한도 없이 했다.

병원에 있는 아버지를 집에 옮기는 날이었다. 엄마와 남동생이 아버지를 병상에 누이는 동안 아버지는 소처럼 큰 눈으로 방 안에 있는 우리들을 바라봤다. 온몸이 마비가 되었지만, 긴 속눈썹의 예쁜 눈만은 당신의 의지대로 움직일 수 있었다. 아주 천천히 인내심을 필요로 하는 일이었지만, 그나마 눈꺼풀이라도 움직일 수 있다는 게 얼마나 다행이었는지 모른다. 눈을 깜박거리는 것으로 당신의 의사를 표현할 수 있었으니.

우리 형제가 대화를 나누는 동안 엄마는 따뜻한 수건으로 아버지의 얼굴을 닦아주었다. 그러다 갑자기 허리를 굽히더니 아버지의 이마에 살짝 입을 맞추는 것이 아닌가. 그것도 사랑스러운 아기를 알뜰히 살피는 눈을 하고선. 두 분의 가벼운 스킨십조차 본 적 없던 나로서는 그 광경이 몹시 낯설고 놀라웠다. 이후로도 그 순간을 종종 떠올릴 때가 있다.

엄마는 어쩜 그리도 사랑스러운 눈길로 아버지를 바라볼 수 있었을까. 어쩌다 한 번씩 고향집으로 내려가는 나와 달리 엄마는 하루 종일 아버지의 곁을 지키며 병간호를 해야 했다. 엄마의 입장에서는 당신이 처한 상황이 지겨울 법도 했을 텐데, 어떻게 한결같이 정성을 기울일 수가 있었을까?

우리에게는 좋은 분이였을지언정 한 여자의 남편으로 아버지는 그다지 좋은 사람이라고 할 수는 없었다. 속정은 깊었을지 모르지만 말 한마디 다정하게 하는 법을 모르는 사람이 내 아버지였다. 내 기억으론 엄마를 위해 화장품 하나, 옷 한 벌을 선물한 적도 없었다. 엄마가 집에서 입었던 옷은 아버지가 입다 낡아 빠진 옷일 때가 많았다.

그런데도, 엄마는 아버지가 그토록 사랑스러웠을까?

어떻게 그런 눈으로 아버지를 볼 수 있었던 거죠?

어떻게 그렇게 알뜰히 아버지를 보살필 수 있었던 거죠?

어느 날이었다. 엄마의 블로그에 더할 나위 없이 솔직한 글 하나가 올라왔다. 그 글은 그동안 내가 가졌던 의문을 풀 수 있는 실마리가 되어주었다.

이웃사촌 거사님이 대수술을 받는데 10시간이 걸렸다고 한다. 이웃사촌 보살님은 남편이 수술 받으면서 수혈을 많이 받아 비용이 만만치 않다고 걱정이다. 그동안 크고 작은 병으로 자주 병원을 들락날락하는 남편이 잊을 만하면 또 입원하여 애를 태운다고 하면서, 힘든 시집살이부터 시작해 고생도 어지간히 시킨다고 나에게 하소연을 한다.
그러게 말이다. 걱정이 많지? 그런데 이렇게 생각해보면 고생도, 서러움도 확 날아가지 않을까?
먼저 아픈 남편의 병간호를 해본 경험에서 하는 말인데, 보살님 몸이 아픈 게 아니라 다행이다 생각하면 그동안의 고생도, 서러움도 한순간에 사라지지 않을까 싶다.
나는 그런 생각으로 병간호를 하니 힘든 줄 모르겠더라. 만약 남편이 아니고, 내가 그렇게 태산에 눌린 것처럼 꼼짝 못한다고 생각하면 너무 끔찍할 것 같아서 말이다. 남편이 병들면 내가 간병을 하면 되지만 내가 병들면 누가 내 간호를 해주겠는가 떠올리면 자기 몸 건강한 걸로 위로를 삼아야지 어쩔 도리가 없을 것이다.

정말 내 주위가 행복해야지, 이웃사촌의 우울함이 내게 옮는 것 같다.

아무쪼록 이웃 보살님, 남편보다는 내 건강함이 다행이라는 생각을 해서라도 긍정적인 마음을 가졌으면 좋겠다.

그게 우리가 살아가는 방법일 것이다.

아주 오래전에 철학자 니체가 지은《차라투스트라는 이렇게 말했다》를 본 적이 있는데 이런 내용이 쓰여 있었다. 정확한지는 모르지만, 입원해 있는 이웃사촌 병문안에서 그 환자를 보고 자기가 건강해서 행복함을 확인한다는 그런 내용인데, 나는 그 책을 보고, 그게 가슴에 확 닿는 진리라고 생각한 적이 있었다.

내 경우인데, 나는 남편이 병이 들었을 때도 정말 그 생각이 났었다. 내 몸에 병이 든 게 아니라서 정말 다행이라고.

생각지도 못했다. 엄마가 이 같은 마음으로 자신을 다스리고 있을 줄은.

그랬었군요. 그래서 그처럼 알뜰히 아버지를 보살필 수 있었던 거군요.

4년의 간병은 부부의 정이나 사랑만으로 감내하기란 힘든 시간이었을 터다. 하지만 그분들의 딸인 나는 나 편한 대로 그것이 모두 사랑이라고 여겼다.

친구에게 이 일화를 들려주자 친구는 물었다.

"그래서 실망했어?"

"그렇다기 보단……."

솔직히 말하면 엄마의 글을 읽은 후 한결 마음이 놓였다. 더 솔직히 말하면 엄마가 이런 생각을 하고 있다는 게 재미있기까지 했다. 어떻게 아버지에 대한 사랑이 없었겠는가. 하지만 그 긴 시간을 한결같은 마음으로 간호를 할 수 있었던 건 이 같은 생각이 엄마의 힘을 북돋아주었기 때문일 것이다. 어떤 면에서는 엄마답다는 생각도 들었다.

왜일까요? 어째서 어머니답다는 생각을 했을까요?

왜일까요? 그래서 제 마음도 편안해졌습니다. 훨씬 더 편안해졌습니다.

사투리
이야기

서울 생활 20년이지만 아직도 나는 사투리를 쓴다. 더 정확하게는 부산 억양의 표준어를 구사한다. 한마디로 얼치기 사투리를 쓰고 있는 셈이다. 부산에서 태어나 자랐다는 건 사투리를 자연스럽게 체득할 절호의 기회가 주어졌음을 의미한다. 그런데 어쩌다 나는 경상도 억양만 남기고 그 아름다운 단어들을 모조리 잊어버렸을까.

어제도 하루 종일 비가 내렸고 오늘도 하루 종일 비가 내렸다. 정확하게 말하면 오늘 집에 올 때는 비가 멈췄다. 학교에서 버스 정류소까지 거의 다 내려가는데 봉고차가 멈춰 서서는 우리 일행보고 타라고 한다. 고등학교 선배다.

우리 반 친구들은 나까지 네 명이었는데 고등학교 선배가 당리역까지 데려다주기로 했다. 봉고차 안에서 이런저런 이야기를 나누다 우연히 경상도 사투리 이야기가 나왔다. 나도 경상도 사투리에 대해 아는 얘기가 있어 한 토막 했다.

경상도 시어머니와 서울 며느리가 같이 전셋집을 얻으러 여러 곳을 다니다 보니, 시어머니는 몹시 피곤해졌다. 그래서 서울 며느리에게 "야야! 마 소잡으나따나(비좁지만) 개죽은데(가까운 곳에) 얻자"라고 말했다. 서울 며느리는 시어머니 말씀을 거역 못하고 전세방을 얻었다. 그런데 서울로 올라가는 기차 안에서 아무리 생각해도 이건 아니다 싶어서 경상도 시어머니에게 전화로 이렇게 말했다.

"어머님. 아무리 생각해도 소 잡고, 개 죽은 방에서 어떻게 살겠어요? 다시 방을 얻어야 되겠습니다."

봉고차에 타고 있는 친구들이 뒤로 넘어가도록 웃는다. 모두 처음 듣는 이야기라고 한다. 선배 남편은 웃었는지 모르겠지만 선배와 우리 반 친구들은 한참 동안 웃었다. 그러면서 웃으니까 또 젊어진다고 모두들 한마디씩 한다. 나도 처음 들었을 때는 많이 웃었다.

사투리와 관련된 일들은 이뿐이 아니다. 내 친구는 벚꽃을 보고 이렇게 말했단다.
"오지게(많이) 피었제."
그러자 그 며느리가 집으로 가는 길에 전화로 물어보더란다.
"어머니, 오지게가 뭐예요?"
이 유사한 경험은 나도 한 적이 있다. 나는 '짜다라(많다)'라는 사투리를 자주 쓰는 편이다. 서울에 사는 여동생 며느리(이질부)가 어느 날엔 이렇게 물었다.
"이모님. 짜다라가 뭐예요?"
어디 이질부뿐이겠는가. 경기도 과천이 고향인 우리 며느리도 내가 하는 말을 잘 모르고 눈치로 알아듣는 모양이다.
며칠 전엔 이런 일도 있었다. 수학 선생님께서 칠판 가득 수학공식을 쓰시면서 한 귀퉁이에 써놓은 고사성어를 쳐다보신다. 아무래도 더 쓰고 싶은데 고사성어가 떡하니 자리를 잡고 있으니, 지우고 싶은 모양이다. 그래서 내가 이렇게 말했다.
"선생님. 걸거치면 뭉케버리세요(걸리적거리면 지우세요)."
우리 고향 사투리다. 나는 무심코 말했는데 우리 반 동무들이 뒤로 넘어가게 웃는다.
반장은 너무 우스워서 다음 과목인 과학 선생님께 인사를 하려고 일어서서 "차렷" 하고는 웃음을 멈추지 못하고, 한참만에야 "경례"를 한다. 그 모습이 우스워서 또 웃는데 웃음은 자꾸 전염이 된다.

반장이 나보고 그러네.

"형님은 웃지도 않고 사람을 웃겨요?"

경상도 사투리기는 하지만 분명히 우리나라 말인데, 그 말이 뭐 그리 우스운지. 사실 나는 하나도 웃을 일이 아닌 것 같다. 내 갑장인 동무는 "순화는 아기를 알라라고 하는데, 그 말은 이미 오래전에 쓰지 않는다"라고 말한다.

우리 막내가 어렸을 때 어찌나 귀여운지 애칭으로 '알라'라고 불렀는데 그 버릇이 아직까지 남아서 막내가 서른이 넘어도 습관이 되어 알라라고 부르고 있다. 습관이 이렇게 무서운 것이다.

나는 굳이 사투리를 잊으려고 노력하지 않는다. 생각나는 사투리가 있으면 한 번씩 사용해야 잊지 않고 계속 이어져 내려갈 것이다. 사투리는 정말 정겨운 언어다. 사투리가 없는 것이 더 삭막하고 인정미가 없지 않을까?

나는 사투리를 좋아할 뿐 아니라 혹시라도 책에서 보거나 누구에게 듣게 되면 반드시 적어두고 발굴하고 싶다. 하지만 사투리라는 것이 그렇게 흔하게 돌아다니지 않는다. 지금은 멀티미디어 세상이라 사투리를 사용하지 않고 모두가 표준말을 즐겨 쓰고 있다. 이러다가 우스꽝스럽지만 정겨운 사투리가 사라질 것 같은 위기감이 든다.

서울 친구들에게 놀림을 받을 때가 있다.

'으'와 '어'의 발음 때문이다. 둘 다 발음은 되는데, 결정적으로 이 둘을 바꿔치기 해버린다. 이를테면, '은하수'를 '언하수'로, '성남'을 '승남'으로 발음하는 식이다. 심지어는 15년 지기가 내 여동생을 만난 후 내게 이렇게 말하기도 했다.

"네 동생 이름이 선경이었어? 승경인줄 알았다."

그동안 내내 '선경'을 '승경'으로 발음했기 때문에 일어난 불상사다. 그러니까 나는 내 여동생 이름을 제대로 발음한 적이 거의 없었던 셈이다. 덩달아 내 친구들 대부분도 여동생의 이름을 '승경'으로 알고 있다. 뒤늦게 이러한 오류를 알아차렸지만 딱히 제자리로 돌려놓지 않았다. 여동생 이름을 선경으로 알든, 승경으로 알든 그들의 일상엔 아무 지장이 없을 테니까. 내 여동생 입장에선 억울할 수도 있겠지만.

정작 알고 있어야 하는 사투리는 서울 친구들만큼이나 알지 못하고, 경상도 억양과 서울 억양이 뒤섞인 정체불명의 억양과 놀림 받기 좋은 발음, 이것이 내 언어의 현주소다. 억양이나 발음이야 그렇다 쳐도 사투리를 제대로 알지 못하는 게 나는 늘 아쉬웠다. 이 때문에 부산에 내려가 사투리를 채록해볼까 생각한 적도 있다. 조일에 계신 외할머니나 세 분 삼촌들의 언어만 채록해도 정말 많은 사투리를 챙길 수 있을 텐데. 하지만 마음뿐이다. 게으름도 문제지만 뜬금없이 그분들 앞에서 그분들의 말을 기록하려니 어색하기만 하다.

엄마가 사투리를 기록하기만 한다면 나 또한 더할 나위 없이 좋을 텐데. 이런, 김치와 된장, 고추장까지 얻어먹는 것만으로도 부족해 엄마의 발품을 또 빌릴 생각만 한다.

이러니까, 딸.

벗을 만날 수 있으니
감사하지 아니한가

드디어 내 친구 복례와 정남이가 문자 메시지 보내는 법을 배웠다. 우리 셋은 문자로 우정을 쌓고 있는데, 하루에도 여러 번 문자가 공중으로 날아온다. 처음 문자 메시지를 날리는 재미를 붙였을 때는 받아줄 친구가 없어 우리 아들, 딸들에게 귀찮을 정도로 문자를 보냈다. 이제는 문자를 주고받을 친구가 있어 정말 좋다.

오늘도 예외 없이 문자를 받았는데 나보고 컴퓨터 중독이 되었다며 조금 줄이라고 한다. 중독이 된 것 같다는 생각은 나도 하고 있다. 집에 오면 모든 것을 다 제쳐두고 컴퓨터 앞에 앉아 있으니 큰일이다. 고도리와 카드를 한 번 하기 시작하면 끝없이 하는 것 같다. 부엌도 엉망이고 방도 치워야 하는데 이렇게 게으름을 피우다 무기력해지는 것은 아닌지.

남동생의 차를 타고 온 가족이 강화도로 놀러가기로 한 날이었다. 그날 남동생은 부산에 계신 엄마를 모시고 부천 우리 집에 들러 우리 자매를 태우고 가기로 약속이 되어 있었다. 휴대전화 벨이 울렸다. 집 아래에 도착했다는 남동생의 전화였다. 짐을 들고 내려갔는데 차 안에는 처음 뵙는 분이 앉아 계셨다. 엄마의 친구라고 했다.

생각해보면 아버지의 장례식에도 오셨던 것 같다. 어쩌면 그때도 소개를 받고 인사를 드렸는지도 모르겠다. 하지만 어린 시절엔 엄마가 친구를 만나기 위해 외출하는 것을 본 적이 없다. 할아버지, 할머니, 아버지의 아침, 점심, 저녁을 차려야 했고, 할아버지의 병간호가 끝날 즈음엔 연로하신 할머니의 시중과 병간호를, 할머니의 병간호가 끝날 즈음엔 아버지의 병간호를 해야 했으니 엄마에겐 당신만을 위한 시간 같은 건 없었다. 또한 엄마는 우리가 찾으면 바로 대답을 할 수 있는 자리에 늘 있어주었고, 우리는 그것을 아주 당연하게 받아들였다.

그런 엄마에게도 친구는 있다. 아주 당연한 일인데도 '엄마의 친구'라는 존재는 낯설기만 하다. 이제껏 내가 본 엄마의 인연들은 대가족이었던 친가와 외가 사람들, 그리고 아침저녁으로 얼굴을 보며 인사를 나누었던 동네 이웃들이 대부분이다. 엄마의 주위에는 늘 사람이 많았기에 나는 그런 엄마가 사람이 없어 '외로운 사람'은 아니라고 막연히 생각했다. 그런데 그동안 엄마는 친구를 만나고 싶어도 만나지 못하고 있었던 것뿐이다.

나부터도 가족과 친구에게 주는 마음이 다르고, 가족과 친구에게 받는 위로가 다르다. 엄마 또한 그러한 존재가 필요했을 것이고, 그들에게 그러한 존재가 되고 싶었을 텐데.

엄마만큼이나 선한 눈빛에 선한 웃음을 짓는 엄마의 친구와 엄마가 오순도순 나누는 대화는 내가 알지 못하는 세상에 대한 이야기를 주제로 삼고 있었다. 어린 날, 넓은 들판과 깊은 계곡에서 뛰어놀던 소녀들이 이제는 누구의 엄마, 누구의 할머니가 되어 만났다. 하지만 그들 눈에는 서로가 여전히 어린 소녀들로 비춰졌을지도 모르겠다.

수십 년 만에 만난 어르신들이 하얗게 센 머리와 주름 진 얼굴을 보고도 '세상에, 예전이랑 똑같네. 어떻게 그렇게 하나도 안 변했니?' 하고 전혀 공감할 수 없는 인사말을 나누는 것처럼.

고향 친구 복례가 놀러왔다. 우리 반 동무가 주말마다 경북 청송의 농장에 가서 직접 지은 검은콩(속청)을 키운다기에 내가 말하여 두 되 사 둔 것을 가지러 왔다.

고향 친구는 아무 짓도 하지 말고 그냥 와도 반가운데 해바라기씨 기름을 한 병 들고 왔다. 우리나라에서 생산되지 않는 귀한 기름이라 받기가 미안하다. 점심시간이 훨씬 지난 시간이라 차 한 잔만 같이 마시고 친구는 자기 집에, 나는 학교에 가려고 함께 나왔다. 찾아온 친구를 제대로 대접도 못하고 그냥 보내고 나니 후회가 된다. (초등 동기는 '동무'로 중학 동기는 '친구'로 표기한다)

버스 안에서 반 친구의 전화를 받았다.

"순화 언니 지금 어디고?"

"버스 속인데, 장림 삼거리 정류소에 다 와 간다. 너는 어디고?"

"그럼 그 자리에 그대로 있어. 내가 지금 롯데마트까지 왔으니 같이 가자."

조금 기다리니까 친구의 자가용이 스르르 미끄러지듯 바로 내 앞에 선다. 열린 차문 안으로 또 한 명의 친구가 타고 있는 것이 보인다. 정말 반갑고 고맙다. 여기서 학교까지는 오르막 길을 10분 동안 걸어가야 한다. 걸어 올라가다가도 자가용을 가지고 오는 친구들 중 한 명을 만나면 함께 타고 올라가는데 그중 누구라도 만나면 엄청 반갑다. 걸어가면 걸어가는 대로 운동이 된다는 생각에 경쾌하게 올라가니 이래도 좋고, 저래도 좋다.

친구는 삶은 고구마를 세 냄비나 삶았다면서, 그중 한 냄비를 통째로 가져왔다. 고구마와 더불어 무김치, 배추김치를 한 통씩 가지고 와 반 학생들 전부 맛있게 먹었다. 친구는 음식 솜씨가 좋기도 하고, 자가용이 있어 이동하기도 편리하고, 마음까지 고와 자주 먹을 것을 가지고 온다. 하교할 때도 자가용에 태울 수 있을 만큼은 다 태워 버스 정류소 가까운 곳에서 내려준다. 어디 이 친구뿐이겠는가? 우리 반 친구들은 어떤 모습이든, 여기저기서 사람 향내를 풍긴다. 교실은 지식을 배우는 공간이기도 하지만 내가 사람임을 확인하는 공간이기도 하다. 그래서 더 정겹다.

동무와 친구.

엄마는 읽는 사람이 헷갈릴까봐 괄호 안에 동무와 친구를 구분해 놓기까지 했다. 어릴 때부터 알고 지낸 벗은 동무이고, 이제 인연을 쌓기 시작한 벗은 친구다. 어떠한 단어로 그들을 표현하든 벗과 함께 있는 엄마는 나이에 걸맞는 행동을 강요받거나, 스스로 나이든 사람으로서의 정체성을 유지하려 애를 쓰지는 않을 것이다. 그냥 벗이다. 굳이 어른으로서의 책임감에 시달리지 않아도 되는, 그냥 벗.

반 친구가 '호박죽'과 '물김치'를 들고 왔다. 호박죽에 사용한 호박은 며칠 전 내가 준 것이라고 한다. 그 안에는 정성스레 만든 찹쌀 수제비까지 동동 떠 있다. 원체 손이 많이 가는 음식이라 귀찮을 텐데도 이렇게 끓여 온 것을 보니 그 마음이 참으로 예쁘다.

오늘은 먹을 복이 터졌나보다. 호박죽을 먹은 배가 꺼지기도 전에 다른 반 반장이 우리 반으로 녹두 송편을 보내왔다. 그 또한 얼마나 맛있는지 배가 부른데도 계속 먹게 된다.

사실 지난 며칠은 다이어트 기간으로 정해 두었다. 부산에 아이들이 내려올 때마다 내 배를 보고는 한마디씩 한다. 살이 찌면 성인병의 위험이 그만큼 높으니 꼭 빼야 한다고. 내가 보기에도 그렇다. 한 살 한 살 나이가 들 때마다 살도 찌는 것 같다. 그러다 보니 움직임도 둔하다. 꽤 오랫동안 산에도 오르고 집 근처 초등학교 운동장을 한 바퀴 돌기도 하는데 여간해서 살이 빠지지 않는다. 아무래도 과식이 원흉이지 싶어 양을 줄이기로 했다. 그런데 학교만 오면 이래저래 많이 먹게 된다. 학생 중에 주부가 많다 보니 사나흘이 멀다 하고 직접 만든 음식을 들고 오기 때문이다. 내가 자제를 하면 좋겠지만 책상을 붙여 넓은 테이블처럼 만들어 그 위에 음식을 차린 것을 보면 손이 안 갈 수가 없다. 학우들과 빙 둘러앉아 먹는 재미에 취해 평소보다도 많이 먹게 되는 것 같기도 하다.

제 보다 젯밥이라더니.

옛말은 정말 하나 그른 것이 없다. 공부하러 학교에 왔지만 공부와 무관한 일들에서 훨씬 더 많은 즐거움을 느끼고 있다. 두 달에 한 번씩 교실에서 열리는 생일행사도 그렇다. 내가 이들과 함께 할 수 있는 일원이라는 데에 얼마나 감사한지 모른다. 초코파이가 생일케이크 대용이 될 수 있다는 것도 처음 알았다.

한문 시간에 배운 오륜 중 하나인 붕우유신(朋友有信)의 붕(朋)은 한 교실에서 한 스승님께 가르침을 받은 동문수학(同門受學)한 벗을 뜻한다고 한다. 그러니까 며칠 전 생일 파티를 하기도 하고 지금 책상 위에 있는 호박죽이나 녹두 송편을 같이 먹는 추억을 가지게 된 우리 모두는 벗에 포함된다.

세상만사 모두가 보는 관점에 따라 달리 보이기도 하는 법이다. 요즘 내가 그렇다. 그 옛날, 초등학교 벗과 같이 중학교에 다녔더라면 오늘날 우리 반의 벗들을 만나지 못했을 것이다. 그 생각을 하면 머리가 아찔하다. 큰일 날 뻔했다. 이처럼 좋은 벗들을 만나고자 중학생이 되는 걸 수십 년이나 미루었나보다.

어쩌면 어머니, 고등학교 공부까지 하셨더라면 저희도 어머니의 아이들로 태어나지 못했겠지요? 어머니의 말씀이 맞아요. 당신에게 닿은 연들을 만나기 위해 중학생이 되는 걸 수십 년이나 미루었나봅니다.

도둑님

집 주위가 시끌시끌하여 잠에서 깼다. 4시 10분인 것을 보니 내가 일어난 시간은 4시쯤 되었겠다. 내다보니 도둑이 우리 동네에 들어왔는데 경찰이 잡겠다고 뛰어다닌다. 우리 집 바로 옆은 낮에는 중고 냉장고를 수리하고 밤에는 비어 있는 집인데, 그 집 옥상으로 도둑이 올라가는 것을 마침 귀가하는 황양이 보았다면서 "아저씨, 저기!" 하면서 부른다. 나는 우리 집 화장실 문은 잠갔나, 하고 집으로 들어와서 화장실을 보니 문이 안 잠겼다. 그때부터 더럭 겁이 났다. 화장실 문 밖을 내다볼 수가 없다. 우리 집 옆에는 명춘 여인숙이 있는데 그 집 뒤는 옛날에는 길이었지만 지금은 담을 쳐 빈 공간이 되어 있다. 거기에 숨었나, 별 생각이 다 드는데 무서워서 살펴볼 수가 없다. 도둑도 그렇지. 이런 가난한 동네에서 무엇을 훔치겠다고. 그나저나 올 여름 내내 방문을 닫고 지내야겠는데 갑갑해서 어쩌나?

몇 년 전, 아침마다 남편을 휠체어에 태워 우리 가게에 앉혀두고 저녁에 함께 들어갔을 때다. 아무도 없는 빈 집에 도둑이 들어 금팔찌를 훔쳐간 적이 있다. 환자 침대가 있는 우리 집은 누가 보아도 치료비를 보태줬으면 하는 생각이 들 정도로 간소한 살림이었지만 도둑은 그런 생각도 안 들고, 소문도 못 들었던 모양이다. 아마도 나보다 더 어려운 사람인가 보다 했지만, 지금 생각해도 괘씸하다.

이 새벽, 우리 동네를 발칵 뒤집어놓은 그 도둑님 도망은 잘 쳤나, 살기가 힘드니까 만만한 우리 동네에 왔나보네.

남동생과 서울 생활을 막 시작했을 무렵, 처음 4년은 열쇠 없이 살았다. 신림동 지하방이나 옥탑방의 나무문에는 원래 자물

쇠가 없기도 했지만 굳이 자물쇠를 만들 필요성을 느끼지 못한 탓이다. 지금 생각해보면 말도 안 되는 일이다. 하지만 당시엔 대문을 잠그고 다닌다는 개념 자체가 없었다. 고향집 부엌문은 겨울을 제외하곤 항상 열려 있었던 데다, 가족 중 누군가는 꼭 집에 있었기에 밖에서 문을 잠궈 본 적이 거의 없어서다.

8, 9년 전쯤이다. 엄마가 고향집의 부엌문을 열쇠로 잠그기 시작한 것을 보고는 이상하게 낯설어했던 기억이 있다. 그때는 이미 나도 문단속에 신경을 쓰고 있었기에 당연히 엄마도 그래야 한다고 여겼지만, 고향집 대문이 잠긴 모습은 어딘지 모르게 스산했다. 닫힌 문은 북적이던 집안의 온기가 홀연히 사라졌음을 의미하는 표식이 되어버렸기 때문인지도 모르겠다.

어찌되었든, 엄마에겐 문단속을 꼭꼭 해야 한다고 당부하고 있었지만 말하는 것만으로는 안심이 되지 않았다. 엄마 혼자 계시니 무슨 일이라도 생기면 어쩌나, 이런저런 걱정이 절로 들 수밖에 없다. 그런데 결국엔 우리 집은 아니어도 동네에 도둑님이 출몰해 한바탕 소란을 피우고 가버렸구나.

이 일이 있고 나서 몇 달 후 엄마의 블로그에 도둑님이 또 다시 등장했다.

우리 이웃에 채소 창고에서 일하시는 할아버지가 계신

다. 이 할아버지는 어찌나 부지런한지 창고에 있는 채소, 브로콜리, 양상추, 적색 채소, 단호박 등을 리어카로 운반하는 일을 하신다. 그런데 박스, 신문지 등 폐품을 한가득 싣고 다니는 할아버지와 어딘가 비슷하여, 오늘은 내가 여쭤봤다.

"혹시 폐품 수집 하시는 할아버지와 같은 할아버지세요?"

그렇다고 하신다.

"아니, 할아버지. 지금 채소 운반하시는 것도 힘드실 텐데 과외로 또 폐품 수집도 하시네요."

그러자 할아버지는 시장에 있다보니 오이 가게에서 나오는 박스만 해도 용돈벌이가 된다고 답하신다. 옆에 있던 미니 슈퍼 아줌마가 이렇게 말했다.

"이번 설에 이 할아버지 댁에 도둑이 들어서 월급 받은 돈 120만원을 송두리째 가져갔다네."

세상에, 무슨 도둑이 칠십 노인이 열심히 일해 모은 급여를 그렇게 가져갔을까? 가져가고선 마음 편하게 잘 썼을지 궁금하다. 우리 동네는 시장이 가까워서 자기만 부지런하면 남의 돈을 훔치지 않아도 살 수가 있다. 파를 까거나 고추꼭지를 따서 용돈을 벌어 쓰기도 하고, 생활까지 하는 어른들도 계신다.

도둑질 하는 사람도 딱하다. 아무래도 할 일이 많지 않은 것 같다. 요즘 부잣집들은 경비업체에서 경비를 해주니 그런 집들은 못 들어가고 힘없는 노인들 집만 돌아다니는 것 같다.
나는 오늘 그 이야기를 듣고 방문을 꼭꼭 잠갔다. 그동안 좀 해이해져 있었거든.

겉모습만 봐도 딱히 무언가를 챙겨갈 마음이 생기지 않는 동네다. 그 동네에서 살거나 일하는 사람들에게서 돈 냄새는 풍기지 않는다. 시장 언저리에 있는 동네답게 낮에는 활력이 넘치고, 밤에는 때때로 술을 마신 사람들이 약간의 소란(어떨 땐 강도 높은 소란)을 빚곤 할 뿐이다. 그곳 사람들은 자신의 건강한 신체 하나만 가지고 온전한 노동으로 생활을 꾸려나간다. 하지만 자본주의 사회에서 노동의 대가는 어찌나 박한지.

35년 가까이 우리 동네에서 이웃으로 살던 친구가 이사를 갔다. 곡물 가게를 해서 동네 사람들은 그 이웃을 두고 잡곡집이라고 불렀다. 다른 가게는 몰라도 쌀가게는 잘 되리라 믿고 있었는데, 쌀도 잘 안 나갔던 모양이다. 집을 팔아서 빚을 갚고 전세로 간단다. 대형 쇼핑몰이 여기저기 생겨나도 밥은 항상 먹으니 쌀집은 끄떡없으리라 생각했는데, 곡물까지도 안 팔리는 줄은 생각도 못했다. 잡곡집 남편은 병원을 들락날락하다 입원까지 한 상태다. 이러한 때, 이사를 가니 옆에서 보기에 마음이 짠하다. 우리 가게 옆 쌀가게 친구와 같이 횟집에서 저녁이나 하자고 벌써부터 벼르고 있지만, 병원과 이사 갈 집을 다니느라고 시간을 내지 못해 아직 송별행사를 못 치르고 있다. 잡곡집이 이사를 가면 길고양이들이 타격을 받을 것 같아서 그것도 걱정이 된다. 이사 간 이웃 친구는 마음씨가 참 고와 고양이 사료도 사주곤 했는데. 몇 집 건너 뛴 이웃인데도 이사를 가니 마음이 휑하니 뚫리는 기분이다. 그래서 옛 어른들이 든 자리는 몰라도 난 자리는 안다고 하나보다.

도둑이 정말 많다. 좀도둑은 열심히 일한 사람에게 상실감을 주지만 자본이라는 거대한 도둑은 수십 년을 살던 곳을 떠나게 만든다. 그곳에 둥지를 틀고 살았던 사람들이 어디로 갈 수 있을까. 간다고 가면 무얼 해서 먹고 살 수 있을까. 가뜩이나 무거운 삶의 무게를 그나마 이웃들과 함께 있으며 위로받고 위로를 줄 수 있었던 그 공간까지 빼앗기고 어떻게 살아갈 수 있을까. 또, 남아 있는 사람들은 얼마나 버틸 수 있을까.

우리 가게 옆 냉동 가게 두 칸이 오늘로 문을 닫았다. 빈 가게 두 개가 더 생겼다. 지금 자영업이 가장 힘든 세월이라고 이웃 가게 친구들은 말한다. 우리 가게야 뭐, 기계화가 된 것도 문제고, 무엇보다 대형마트가 생겨 장사가 안된다고 하더라도, 밥을 안 먹고는 못 사는 법인데 쌀집 친구는 쌀은 안 팔고 파를 까고 있다.

"파 까고 있노?"

쌀집에서 파 까는 모습을 보고 내가 물었다.

"너거 가게 물건만 대형마트에서 사는 줄 아나? 쌀도 대형마트에서 산다."

골목 안 잡곡집에서는 벌써 몇 달 전부터 부부가 같이 파를 까고 있다. 파 한 단 까는데 500원을 준단다. 우리 동네 구멍가게도 몇 년 전부터 파를 까고 있다. 파는 꾸준히 까줘야 하므로 나 같이 들쑥날쑥 다니는 사람은 아예 비아주지도(끼어주지도) 않는다.

나부터도 근처 재래시장보다 대형마트에서 시장을 본지 꽤 오래되었다. 그러지 말아야지 하면서도 밤늦은 귀갓길에 시장을 보다보니 늦게까지 문을 여는 마트를 이용하게 된다. 게다가 각종 재료가 다 들어 있는 상품을 구입해 손질할 것도 없이 국이나 찌개를 끓이는 편리함에 길들여진 요즘에는 여간해선 대형마트로 향하는 발걸음을 막을 도리가 없다.

내 이웃이 고단하면 내 삶도 편할 수 없다. 그리고 세상이 수백 번 바뀌어도 거대 기업이 내 이웃이 되는 일은 없을 것이다. 멀리 내다봤을 때, 대형마트에서 제품을 구입하는 건 내가 내 손으로 이웃의 고단함을 더 고단하게 하고, 그것이 결국 가난한 나의 생활을 더 가난하게 만드는 것이다. 아니, 멀리 볼 것도 없이, 당장 우리 동네의 이웃들이 평생의 노동으로 거칠어진 그 손으로 파를 까고 있지 않은가?

"파 한 단이 어느 정도의 양이에요?"

엄마에게 물었다. 내가 시장을 볼 때 구입한 파 한 단은 얼마 되지 않기에 그것을 깐다고 500원을 받을 수 있을 것 같지 않아서다.

"1kg은 될 것 같은데. 한번 재보지. 뭐."

엄마는 당신도 궁금해졌다며 통화 중에 파 한 단의 무게를 재보기까지 했다.

"1.5kg네. 다 까고 나면 1kg쯤 나오고."

세상에. 그렇게 많은 양을 까는데 500원밖에 못 받는단 말이야?

오늘도 그 작은 동네의 이웃 중 누군가는 파를 까고 있을 것이다. 파라도 깔 수 있어 다행이라고 여길지도 모르겠다. 그나마 입에 거미줄 칠 일은 없을 거라고 애써 스스로를 다독이며.

어디 그 동네뿐일까. 내가 알지 못하는 동네의 누군가도 손가락 끝에 파 냄새가 스며들고 또 스며들어 씻어도 잘 사라지지 않을 정도로 파를 까고 있을 것이다.

그걸 알면서도 나는 늦은 귀가 시간에 장을 볼 때가 없다는 이유로 아무 생각 없이 또 대형마트 안으로 들어설 것이다. 엄마가 글을 통해 보여준 각박한 세상이 바로 나의 세상이라는 것도 잊어버리고.

봄 소풍과
이야기가 있는 반디그랑

오전 9시에 막 집을 나서려고 하는데 우리 반 부반장의 전화를 받았다. 비가 내려 오늘 소풍은 취소한다는 소식이다. 담임 선생님께서 문자를 날렸다고 하여 휴대전화를 보니 편지그림이 그려져 있는 것이 보였다. 부반장과 통화하고 있는 중에 문자 벨소리가 나서 보니 우리 담임 선생님이 또 문자를 보내왔다.

〈오늘 행사. 비로 인해 5월로 연기함, 주변 학급 급우들

에게 연락 바람. 주말 잘 보내세요〉

나는 비가 그렇게 많이 내렸는지 몰랐다. 방문을 꼭꼭 잠그고 있으니 밖에서 난리가 나도 모른다. 가게에 나가니 이웃사촌이 몹시 반가워한다. 혼자서 어떻게 하루를 보내나 하고 있는데 비가 내려서 아주 잘되었다며 고소하다고까지 한다. 그래서 내가 비가 많이 내렸나 물었더니, 9시를 전후하여 비가 많이 내렸다고 한다. 내가 밖에 나올 즈음엔 해는 안 보였지만 비는 그쳐 있었다.

올 봄은 봄이 아니고 계속 싸늘하고 냉기가 흐른다. 아무래도 봄을 건너뛰고 여름이 올 것 같다. 나를 유심히 쳐다보고 있던 이웃사촌이 이렇게 말한다.

"형님! 앞머리에 흰머리가 많네요."

어제 미장원에서 흰 머리카락을 발견하고 집에 가서 뽑아야지 하고는 또 잊어버렸네. 가게에 있는 거울을 보고 앞머리에 보기 싫게 뾰족하니 올라온 흰 머리카락을 뽑는데, 흰 머리카락 열 개를 뽑으면 검은 머리카락 스무 개가 뽑혀 나왔다.

"형님, 아침에 쌍계사를 갔으면 더 좋을 뻔 했습니다."

아니, 학교 소풍이 아니었다면, 오늘 아침부터 가게 문을 열려고 했다. 학교 다닌다고 오후에 가게 문을 빨리 닫으니 토요일이나마 가게 문을 열려고 생각하고 있었다.

소풍가는 날 새벽, 부엌에서 부스럭거리는 소리가 들리면 잠에서 덜 깬 눈으로 부엌 마루에 앉아 엄마가 김밥을 자르기를 기다렸다. 김밥 한 줄에서 나오는 두 개의 꽁지를 냉큼 주워 먹기 위해서다. 단무지나 햄, 달걀 등이 길게 삐져나온 꽁지 부위가 몸통보다 훨씬 맛나게 보였고, 실제로 더 맛있기도 했다.

엄마의 김밥은 늘 굵었다. 온갖 재료를 부족하지 않게 채워 넣다보니 살이 트는 것처럼 김밥 옆구리가 터질 때도 많았다. 그 때문에 한 토막만 입에 넣어도 양 볼은 두꺼비처럼 볼통해졌지만 씹는 맛은 일품이었다. 그 기억 때문인지는 모르겠지만 나는 여전히 김밥이라면 사족을 못 쓴다. 그것을 아는 여동생은 종종 야식으로 김밥을 사들고 오곤 한다. 하지만 어떤 김밥집에서 만든 김밥이 엄마의 손맛을 따라 갈 수 있을까. 부산 사투리만큼이나 투박하면서도 정이 가득한 그 김밥을.

갑자기 김밥이 먹고 싶어졌다. 그것도 매콤, 달콤, 새콤, 짭조름한 김초밥이.

재료 준비를 했다. 홍당무, 시금치, 우엉뿌리를 1kg씩 준비했는데, 청양고추는 너무 비싸서 500g만 준비했다. 단무지 대신 김장김치를 넣을 생각이다. 그런데 막상 재료 준비를 하고 나니 귀찮음이 앞선다. 그냥 김밥집에서 두 줄만 구입해 먹으면 해결될 것을. 후회가 되었지만 이미 저질러 놓아 별수 없이 재료들을 다듬어 놓았다.

'내일 새벽 일찍 일어나 김초밥을 만들어 아침도 먹고, 도시락도 싸야지. 남은 재료는 냉동실에 보관해두고 오늘처럼 김밥 생각이 나면 해먹어야지.'

순전히 나만을 위해 김밥 준비를 한 적이 있었나? 아무리 떠올려 보아도 생각이 나지 않는다. 우리 아이들이 소풍 갈 때마다 김밥을 쌌다. 젊은 날이어서 정말 즐겁게, 아이들을 위해 만드는 김밥이라 참 재미있었는데. 오늘은 그렇게 재미있는 줄을 모르겠다. 마, 김밥은 김밥집에서…….

나는 엄마를 위해 김밥을 만들어본 적이 없다. 엄마는 늘 가족을 위해 음식을 만들었지만 당신을 위해 음식을 만들어준 사람은 없었다. 차려진 밥상에 숟가락만 달랑 들고 앉아서 먹는 일상은 엄마가 아주 어렸을 때나 누렸을 일일 것이다. 초등학교를 다니기 시작했을 때부터 몸이 약한 외할머니를 대신해 부엌일을 하셨다고 하니 그조차도 엄마에겐 그리 길지 않았을 것이다.

그래도 초등학교를 다니는 동안에 엄마도 소풍은 갔겠지. 그

땐 외할머니가 만들어준 김밥을 들고 갔을까? 문득 궁금해진다. 지금 당장 전화를 해 엄마에게 묻고 싶을 정도로. 지금까진 생각조차 해본 적도 없는 일인데.

학생이 되니까 소풍도 다 가네. 목요일부터 금요일까지 3학년은 졸업여행을 가고, 금요일은 1, 2학년이 소풍을 가는데, 우리 반은 오늘 승학산 등산으로 가을 소풍을 대신하게 되었다. 비단실로 수를 놓은 것처럼 아름답다고, 우리나라 산을 금수강산이라고 했던가. 누군지 이름 한번 잘 지었다는 생각이 든다. 억새풀은 은색으로 바람에 살랑살랑 날리고 잡목들은 너도 나도 뒤질세라 형형색색으로 가을 산을 수놓고 있다.

부산에서 살아온 지가 37년인데도 승학산은 오늘 처음 가보았다. 우리 고향 야산보다 나무가 없다. 눈치를 보니, 억새풀로 이름을 날리는 모양인지 억새풀이 산 전체를 뒤덮고 있다. 은빛 억새풀이 산 가득 피어 있어 그냥 가만있어도 풍기는 가을향이 사람들을 산으로 올라오게 만드나 보다.

승학산을 넘어 대신동 꽃마을에 가서 시래깃국으로 늦은 점심을 먹고 헤어졌다. 자갈치 시장 건어물상을 하는 우리 반 친구 가게에서 마른멸치 한 상자를 사고, 우리 며느리가 선물로 준 금강구두 상품권으로 구두 두 켤레를 샀다. 외출용으로 굽 높은 구두와 학교 다닐 때 신을 만한 단화다. 가정집이 당리에 있는 건어물상 친구 집에서 조금 놀다가 집에 왔다. 마음먹고 외출하기가 귀찮았는데 오늘 소풍 나온 김에 두 가지 일을 처리하게 되었다.

그저께 우리 큰딸이 보내준 책을 한 권 받았다. 박완서 소설 《그 많은 싱아는 누가 다 먹었을까》다. 제목만 봐서는 싱아가 뭔지 몰랐는데, 학교 가는 버스에서 읽었다. 우리 큰딸이 이런 종류의 책을 사 준 깊은 뜻을 어머니는 알고 있지. 책 보내줘서 고맙습니다.

우리 엄마, 비록 봄 소풍은 놓쳤지만 가을 소풍은 아무 문제없이 간 모양이다. 평상시에도 산에 자주 오르는 엄마는 계절에 따라 변하는 자연의 모습을 묘사할 때가 많다. 그 묘사가 어찌나 뛰어나던지, 가끔 '우리 엄마는 천재야, 천재'라고 생각할 때도 있다. 그러다 또 모든 부모들이 한 번쯤은 자신의 자녀를 천재로 여긴다는 이야기가 생각나 지금의 나와 다른 게 무언가 싶어 우습기도 하다. 하지만 엄마의 글을 읽을 때마다 절로 나오는 감탄사를 어떻게 막을 수 있을까.

명절에 고속버스 타고 고향 한번 가봤으면 좋겠다고, 부산에서 태어나 살고 있는 사람이 말했다. 가슴 속에 앙금처럼 깔려있는 애잔함이 포말처럼 퍼져 나와 콧잔등이 짠해졌다.

고향…….

한동안 잊고 있었던 단어다.

우리 고향인 조일은 통도사 입구에서 버스를 내려 1시간 정도 걸어가야 하는 곳에 있다. 지금에야 버스가 지나다니지만 몇 십 년 전만 해도 걷는 것 외에 달리 방법이 없었다. 고향으로 가는 길의 '야시(여우)가 나온다'는 전설이 있는 산모퉁이를 돌다 내 발자국 소리에 내가 놀라 소름끼친 적이 한두 번이 아니었다. 그래도 약간의 공포가 고향 가는 길의 상쾌함을 더해준다고 생각하면 그 나름대로 흥취가 있다.

지금 생각해 보면 우리 고향엔 고향 사람이 아니면 절대 모르는 암호 같은 말들이 많았던 것 같다. 앞각단, 뒷각단, 건너각단, 새각단, 앞그랑, 뒷그랑, 반디그랑, 상금수, 우릉수 같은 재미있는 지명은 국어사전에도 나오지 않는 예쁜 우리 조일 말이다. 하늘에 미리내가 흐른다면 우리 고향에는 앞그랑이 흐른다. 상금수, 우릉수라는 이름이 붙여진 그랑에는 집채만 한 반석과 설악산 흔들바위 같은 바위가 셀 수 없이 많다. 동양화보다 아름다운 앞그랑의 원천은 조일 신천이다. 산속에서 이미 약수가 되어 마을로 흘러 들어오면서 바위에 여과된 석천을 마시면 건강뿐 아니라 미용에도 좋다. 우리 고향에 피부 미인이 많은 것도 조일 산천에서 내려 온 물을 마셨기 때문이 아닌가 싶다.

어릴 때 추억이 가장 많이 감추어져 있는 반디그랑(냇물)에 언젠가 한 번 가보고, 그렇게 커 보였던 반석이 생각보다 작은 것에 놀란 적이 있다. 사십여 년 전 그 모습을 간직할 걸, 괜히 왔나 후회하긴 했지만 내 추억 속 반디그랑은 크기에 상관없이 대밭으로 남아 있으니 따지고 보면 그리 서운해 할 일도 아니다. 가난한 집안 형편으로 진학을 포기해야 했을 때 반디그랑에서 그 애석함을 눌렀고, 내 꿈을 한 자락씩 덮을 때도 반디그랑의 대밭에서 위로를 받았다.

슬픈 기억만이 있었던 것은 아니다. 오히려 지금 생각하면 절로 웃음이 나올 정도로 재미있는 일들도 많았다. 친구와 조래고디(다슬기) 잡다 다리에 붙은 거머리를 떼려고 펄쩍펄쩍 뛰다가 다 쏟아버린 곳도 반디그랑이었다.

'거머리 떼어주면 고디 다 줄게.'

징그러워 감히 손도 못 대고 울면서 뛰었지만 여간해서 떨어질 기미를 보이지 않자 힘들게 잡은 고디를 걸기까지 했다. 결국 제 풀에 지쳤는지, 거머리는 절로 떨어졌지만 저마다 비명을 내지르는 친구들 때문에 그랑은 이내 소란스러워졌다. 거머리가 떨어져 나간 부위에서 붉은 피가 쪼르르 흘러내리고 있었던 것이다.

우리들이 내지르는 소리를 씻김 하듯 바위틈을 흘러내리는 물소리는 조일 산천의 여유를 그대로 닮아 많은 생명을 보듬었다. 물속에는 모기 애벌레가 모래 옷을 입고 고동과 같이 있는가 하면 물방개, 물고기가 마음껏 돌아다녔다. 물 위에서 소금쟁이, 무자수(물뱀)가 저쪽 버들강아지 쪽을 향해 다녔다.

생각해보면 얼마나 많은 것들이 내 어린 시절과 함께 했는지, 가난했던 기억만이 남아 고향을 잊고 지냈는데……. 여우도 죽을 때는 고향 쪽 언덕에 머리를 둔다 했던가. 이제라도 내 고향을 사랑하고 생각해야지 마음먹고 돌아오니 벌써 육십이 넘었다. 높이뛰기 선수가 장대 한 번 넘는 시간, 짧은 시간 같건만 어느 덧 이렇게 와버렸다. 아무리 힘겨운 일이 많았다 해도 그때가 좋았던 것 같다. 맑은 물, 푸른 산이 다 우리들의 호연지기였으니까.

처음 서울에 왔을 때는 명절마다 갈 수 있는 고향이 있어 좋았더랍니다. 지금 살고 있는 곳과 태어나고 자란 곳이 다르다는 것도 좋았더랍니다. '고향'을 가진 자만이 품을 수 있는 그리움이 제 눈에도 깃들어 있었으니까요. 그런데 어머니. 이상하지요? 지금은 고향으로 돌아가 산다는 게 참으로 싫어졌습니다. 여기서 이만큼 사는 동안 친구와 이곳에서의 기억을 가지게 되었고, 어느 사이엔가 그것들이 고향의 향취보다 더 중요해져 버렸네요. 이제 제 눈은 고향을 향한 그리움으로 흐릿해지는 일이 없습니다. 하지만 어머니, 제가 어머니만큼 나이가 들면, 또 다시 그리움을 담을 수 있을까요? 그래도 내가 나고 자란 고향으로 돌아가고 싶다고.

조일에서 생긴 일

외가가 있는 조일은 우리 형제들에게도 특별한 추억이 많은 곳이다. 어린 시절 방학만 되면 일주일에서 보름은 그곳에 머물며 산과 들을 돌아다녔고, 계곡에서 다슬기를 잡으며 놀았다. 거머리에게 피도 빨리고, 스르륵 지나가는 뱀도 여러 번 보았다. 사람을 겁내지 않는 두꺼비 때문에 벽에 찰싹 달라붙어 좁은 골목을 지나기도 했고, 개구리를 잡아 뒷다리를 구워 먹기도 했다. 여름엔 산딸기를 따먹는 재미에 풀숲을 뒤졌고, 겨울엔 꽁꽁 언 시냇물에서 썰매를 타는 재미에 손발이 어는 것도 모르고 놀았다. 조일에서 보내는 방학은 엄마와 유일하게 떨어져 지내는 시간이기도 했다.

지금은 일층 양옥으로 바뀌었지만 당시만 해도 외가는 문에 문풍지를 붙인 두 칸짜리 낡은 초가집이었다. 부엌 아궁이에는 커다란 무쇠 솥이 있었고, 부엌 앞에는 잘 말려둔 땔감나무들이 쌓여 있었다. 돌과 흙으로 된 담벼락 아래에는 크고 작은 장독들이 터줏대감처럼 자리를 잡고 있었다. 방 앞 툇마루에 앉아 있든, 마당 평상에 앉아 있든 나직한 담벼락 너머로 논과 밭, 건너편 산이 한눈에 들어왔다. 신작로 하나 없는 그 마을의 풍경은 오로지 산과 밭, 좁은 흙길과 그보다 좁은 다리, 계곡에서 내려오는 시내로만 이루어져 있었다.

지난 토요일 저녁, 친정에 갔다. 김치 담근 것 조금 하고, 국 끓여 놓은 것을 조금 가지고 어머니를 뵈러 갔다. 다음 날엔 아침을 먹자마자 바로 산으로 가서 아버지 산소에 네 번 절을 하고 내려오는데 말벌이 앵 하면서 저공비행으로 나를 협박한다. 내 새끼가 이 근처에 있으니 가까이에 오지 말라는 경고 같다. 내려오는 길엔 버섯을 땄는데 식용인지 아닌지 몰라 버렸다. 그런데 좀 더 아랫길로 가다 참나무에 그 버섯이 떡하니 붙어있는 것이 보였다.

'아니. 그럼 아까 버린 것이 참나무 버섯인데.'

도로(다시) 버린 자리까지 올라가서 버섯을 따기도 하고, 버린 버섯을 다시 줍기도 하고, 도토리도 따면서 혼자서 잘 놀고있는데, 세상에, 뱀이 쓰윽 지나친다. 집에서 가져온 대나무 막대를 두드리고 다니니까 뱀이 겁을 먹었나 보다. 나는 나대로 가슴이 서늘하여 발걸음이 빨라졌다. 그런데 몇 분 후 길에 꽃뱀이 길게 널브러져 죽은 것을 봤다. 차가 지나면서 아주 납작하게 갈아 놓았다. 꽃뱀은 독이 없고 사람을 물지도 않는데, 안 죽여도 될 것을. 쯧쯧. 이런 생각을 하면서도 간담이 서늘한 것은 살았든 죽었든 뱀은 징글맞게 느껴져서일 게다.
어머니께서는 내가 따 온 버섯이 참나무 버섯이라고 한다. 맛도 좋고, 비싸게 팔리는 귀한 버섯이라고 하셨다. 아버지 제사 때 탕국용으로 냉동실에 얼려 두었다.

조일에서 평생을 사신 외할아버지는 돌아가신 후에도 조일의 산에 묻혔다. 점잖은 분이었지만 장난기가 많아 어릴 때부터 그분을 참 좋아했다. 우리 아버지도 지금쯤 조일 산천을 누비고 계실 터이다. 엄마의 생각이었다. 마지막 몇 년을 병상에만 누워 계셨으니 죽어서나마 자유롭게 떠돌아다녔으면 좋겠다고 해서 한줌 뼈 가루가 되어버린 아버지를 조일의 산에 뿌렸다. 아버지가 그곳에 있으니 이제 조일은 어릴 때 온갖 추억이 가득한 외가 이상의 의미를 지니게 되었다. 그건 엄마에게도 마찬가지일 것이다. 엄마는 엄마의 시간을 찾은 이후 토요일이나 주말이면 자주 조일에 들렀다. 외할머니와 시간을 보내며 집 앞 텃밭에서 상추, 고추를 따거나, 산에 올라가 계절마다 다르게 나오는 나물을 캤다. 덕분에 부산에서는 거의 볼 일이 없는 뱀을 보고 매번 깜짝깜짝 놀라곤 했다.

산에서 버섯을 따고 집에 오니 용당 형님이 오셨다. 어머니보다 한 살 많은데 나에게는 집안 올케언니가 되는 분이고, 우리 집안 종손부시다. 상두 오빠가 밭에 매실을 심었는데 '우리 그곳에 같이 가보자'라고 용당 형님이 말씀하시기에 매실을 심은 밭에 갔다.

세상에. 풀이 우거져서 밭인지 산인지 구별이 가지 않는다. 그렇지 않아도 산 밑이라 거의 산과 같았는데. 감나무에 홍시가 발갛게 달려 있어 그 그림이 아주 근사했다. 잠시 풍경에 심취한 사이 뱀이 또 나온다. 오늘 뱀을 몇 번이나 보는지. 용당 형님은 나이 든 어른인데도 놀라서는 '어머나' 하고 크게 소리를 내지르신다. 나는 그 소리에 더 놀랐다.

상두 오빠도 일하다 뱀을 보고 '저 뱀은 독사가 아니고 너

블대(꽃뱀)다. 독이 없으니 너무 겁내지 마라'고 하신다. 오빠의 말을 듣고 안심하고 있는데 또 뱀이 나온다. 이번에는 새끼를 데리고 나오네. 뱀이 새끼를 데리고 다니는 것은 보다보다 처음이다.

뱀 입장에서 보면 사람들이 우거진 숲을 베고 있으니 난리가 난 셈이다. 지들 집이 자꾸 줄어드니까. 급한 김에 새끼까지 데리고 나온 모양이다. 그 짙은 풀 속에는 여러 생명이 사는지 지네까지도 나온다.

용당 형님이 또 한 번 소리쳐서 보니까 커다란 지렁이가 나와 있다. 모두가 집을 잃고 우왕좌왕하는 느낌이다. 하도 뱀을 많이 보아서 저녁에 부산 와서 누웠는데도 온몸이 스멀스멀 하는 느낌이 들어 소름이 끼친다.

아직까지도 조일의 산에는 뱀이 많은 모양이다. 엄마가 올린 글에는 뱀을 보고 놀라는 모습이 종종 그려지곤 한다. 자라 보고 놀란 가슴 솥뚜껑 보고 놀란다더니 학교 앞에서도 이와 비슷한 일이 발생했다.

학교수업이 끝나고 버스 정류소로 가는데 옆에 있는 여학생 둘이서 '어머나!' 하고 소리친다. 덩달아 놀라 아이들이 보고 있는 곳을 내려 봤다. 세상에, 언뜻 보기에 뱀 새끼인줄 알았는데, 자세히 보니 커다란 지렁이가 가운데에 상처가 난 채로 아파서 펄떡펄떡 뛰고 있다. 그 지렁이를 내가 밟았다고 한다. 내가 밟았다고 하니까 소름이 확 끼치고 발이 근지러운 느낌까지 들었다. 하여간 버스를 타고 오는 동안에도 내가 밟은 지렁이가 펄떡대는 모습이 생각났다. 조만간에 비가 아주 많이 내릴 것 같다.

부산 2층 방에 있다가 '어머니!' 하고 다급하게 소리칠 때가 있다. 그러면 엄마는 어디에 있든 쏜살같이 계단을 뛰어올라 오신다. 내가 그토록 무서워하고 두려워하는 바퀴벌레를 잡아주기 위해서다. 부산 바퀴벌레는 서울의 그것과는 수준이 다르다. 덩치가 크고 새카만 데다 날개까지 있어 이 벽 저 벽을 날아다닌다. 게다가 사람을 무서워하지도 않는다. 그런 놈과 한 방에 있는 것을 깨달은 순간엔 손가락 하나도 움직이지 못하곤 벌벌 떨고만 앉아 있었다. 그때 내가 할 수 있는 일이란 엄마를 불러 그 소름끼치는 상황에서 벗어나는 것뿐이다. 그러면 엄마는 유난히 겁이 많은 아이인 나를 구해주기 위해 가파른 계단을 총알같이 올라와 아무리 큰 바퀴벌레도 단숨에 때려잡아버렸다. 당시의 나는 엄마들은 벌레를 무서워하지 않는 존재인 줄 알았다. 처음 닭요리를 할 때 미끌미끌한 닭을 만지며 몇 번이나 고함을 질러

댔을 때도, 내가 구운 생선의 눈과 마주쳐 그 살점을 한 점도 뜯어먹지 못했을 때도, 엄마라면 이런 두려움을 가진 적이 없을 것이라 여겼다. 아이의 눈에 비친 어른이 곤충을 무서워하지 않는 존재이듯 어른이 된 후에도 엄마는 그런 존재였다.

하지만 글 속의 엄마는 지렁이를 밟은 것에 확 소름이 돋아 왠지 발이 근지럽다고 느끼고 있다. 뱀을 목격한 것만으로도 무언가가 온 몸을 스멀스멀 기어가는 느낌을 받는다. 문득, 이런 생각이 든다. 엄마는 어떻게 그 커다란 바퀴벌레들을 잡을 수 있었던 것일까.

어디에선가 이런 말을 들은 적이 있다. 아가씨였을 때는 바퀴벌레를 몹시 무서워해도 엄마가 되면 자신의 아이에게 다가서는 바퀴벌레를 맨손으로 때려잡는다고. 사람들은 그것을 모성이라고 한다. 아직 나는 그러한 마음을 알지 못한다. 대신, 상상을 해본 적은 있다. 내가 누군가의 엄마가 되었을 때, 바퀴벌레를 손으로 잡을 수 있을까?

아니. 아직까진 그럴 수 없을 것 같다. 나는 여전히 바퀴벌레가 무섭고, 죽이는 순간의 느낌을 알고 싶지 않다. 이러니까 딸. 엄마의 겁 많은 딸.

엄마의 엄마 그리고 전설

엄마도 딸이다. 우리 엄마에게도 당신의 어머니가 계신다. 나의 외할머니이시다. 외할머니는 구십이 가까운 연세지만 아직도 총기가 넘쳐 몇 달 전엔 놀라운 소식을 전해주기도 했다.

지난번에 매실농장 주인이 덤으로 매실 한 바가지를 갖다준다고 약속하더니 시장에 오면서 가지고 왔다. 벌써 익어 연노랑색이 된 매실을 저울에 달아보니 3kg이나 된다. 칼로 잘 저며 씨를 볼가내고 과육만 설탕에 절였더니, 저녁에 벌써 설탕이 다 녹아서 생수병 한 병은 족히 될 것 같은 엑기스가 나왔다. 그것에다 마늘을 20통 까서 매실과 같이 설탕에 절였다. 말하자면, 매실 엑기스가 식초 역할을 하여 초마늘이 되는 것이다.

친정어머니의 전화를 받았다.

"미조 애미가?"

"예, 어머니."

"지난번에 친 한자 5급 시험 발표가 났는데 경남 1등이란다. 다음 수요일에 복지관에서 상장을 준다고 한다. 그리고 한자 선생님이 또 4급 준비하라고 하네."

"예. 어머니, 정말 축하합니다. 옛날에 배웠던 게 공부하면서 차차 기억이 난 모양입니다. 어디 4급뿐이겠어요? 3급, 2급 계속 공부하시면 알고 있었던 한자들이 다 떠오를 겁니다."

어머니께서 일부러 전화해서 상 받는 날을 알려주시는 그 마음을 유추할 수 있다. 다음 수요일에 꽃다발을 들고 복지관에 왔으면 좋겠다는 뜻일 게다. 어머니께서 상 받으시는 모습을 축하해 드리고, 사진도 찍어 드려야겠다. 여든 아홉이신 어머니, 정말 대단하시다.

아니, 이 어머니들이……. 돌아가면서 사람을 놀라게 한다.

어머니께서 내일 모레 복지관 단체 여행을 가신다고 한다. 그 전에 새로 구입한 어머니의 휴대전화를 갖다 드리려고 저녁에 신평에서 택시를 타고 고향집으로 갔다.

어머니께서는 한자 공부를 하고 계셨다. 지난달에 한자 4급수 시험에서 전국 1등을 하셨다고 했다. 믿기지 않지만 1등이란다. 동생과 나는 이런 말을 하긴 했다. 어머니 연세에 비춰서 계산한 건 아닌가 하고. 그러나 복지관에서는 1등을 했다고 축하 파티를 했다는 말도 들었고, 대전 동생 댁이 단감 한 박스를 복지관에 보냈다고도 했다.

어머니께서는 '이제 시험을 치라고 해도 안 치련다'고 하시는데 아무래도 3급 시험에도 도전하시는 것 같다. 시간이 없어 여쭤보지도 못하고 친정집 앞을 지나는 버스 시간에 맞춰 바로 나왔다.

어머니의 휴대전화가 고장이 난 게 걱정이 되어 시험공부를 해도 집중이 안 되었는데, 잘 되었다. 그리고 새로 구입한 휴대전화는 품질이 좋은 것이라 내 마음이 흡족하다.

엄마는 외할머니 방에서 3급 시험 문제지를 발견했을 것이다. '아무래도 어머니가 3급 시험에도 도전하시는 것 같다'고 짐작한 건 바로 그 때문이리라. 정말 '그 어머니에 그 딸이다'라는 말이 절로 나온다. 어쩌면 이렇게들 학구열이 대단하신지. 공부에는 때가 있다지만 외할머니와 어머니를 보면 꼭 그런 것만은 아니지 싶다. 옛 성인들은 학문을 과거시험을 보기 위한 수단으로만 생각하지 않고, 자신의 몸과 마음을 수양하는 것으로 여겼다. 그러할진대 학문이 어떻게 어린 시절 한 때에만 하는 것이 될 수 있을까.

오늘 아침 어머니를 뵈러 가려고 목욕한 뒤 전화를 해보니 오늘이 바로 '열녀 할매' 제삿날이라 말랑에 가신다고 한다. 신가 집성촌인 말랑은 나의 안태 고향이다. 내가 어릴 때 바로 윗동네인 조일로 이사를 하여 조일이 고향이 된 것이다.

해마다 5월 첫째 일요일엔 열녀 할매 제사를 말랑 제실에서 모신다. 제실은 아주 오래된 기와집인데 신가들의 조상을 모시는 곳이다. 내가 어릴 때만 해도 제실에 딸린 문간 집에는 제실을 관리하거나 제실의 재산인 논에 농사를 짓거나 동네의 온갖 궂은일을 도맡아 해주는 관리인이 살았지만 지금은 그런 고마운 도우미(제지기)가 없어진지 오래다. 그때 그 제지기 부부에게 어른, 아이 할 것 없이 반말을 한 걸로 기억한다.

어머니 말씀에 의하면 오늘은 일손이 부족하여 점심은 출장뷔페를 한단다. 그 전에는 각지에 있는 일가들이 다 모여 소를 잡기도 하고 음식을 푸짐하게 차려 마을 잔치를 했다고 하는데 나는 한 번도 동참하지를 못했다.

오늘도 어머니께서 말랑에 제사 모시는데 가신다고 하니까, 나는 내심 참 잘되었다 했다. 피곤하기도 하고 또 오후 2시 40분에 친구 딸 결혼식장에도 가야 되었기에 시간이 촉박하여 큰일이다 하고 있었던 참이다.

"그럼 어머니. 말랑에 다녀오세요. 다음에 뵈러가겠습니다."

내가 이런 마음을 가진 것도 나중에 후회가 될 것 같지만…….

열녀 할매는 우리 신가 집안으로 시집와 자식도 없이 병든 남편을 잘 보살펴 나라에서 열녀각까지 지어준 인물이다. 병든 남편의 미음을 끓여주려고 친정이 있는 배내골에 가려고 나서면 범이 할매를 업어서 데려다 주었다고 한다. 친정 살림도 어려웠지만 쌀을 한 되 얻어 나오면 기다리고 있던 범이 또 업어서 말랑까지 데려다 주었다는 전설이 있다.

열녀 할매 제사는 신가 종친회에서 열녀 할매 앞으로 논을 사두어서 거기서 나오는 곡식으로 치르는 것이다. 이때는 열녀 할매의 친정인 김해 김씨 사람들도 많이 동참한다고 한다.

말랑 제실에 열녀 할매에 대한 전설이 쓰여 있다지만 어릴 때 어머니에게 들은 이야기를 아주 간단하게 올려본다. 정말 범이 업고 다녔는지는 모르지만 내가 어릴 때만 해도 깊은 산에는 범이 살았을 것 같다. 말랑과 조일은 아니지만, 경북 영천에 계신 우리 시이모님께서 실제로 낮잠을 자다가 범에게 아기를 빼앗겼다고 하신 걸보면.

지금도 고개마다 무섭고 재미난 전설이 많이 전해져 내려오고 있다. 우리 동네 어사솔베기를 지나면 '갈가지(여우)'가 돌을 던진다는 전설도 있다.

열녀 할매의 전설을 몹시 재미있게 읽다 갑자기 등장한 여우가 궁금해졌다. 날카로운 이빨과 발톱은 어디다 두고 돌을 던질까? 사람에게 치명적인 상처를 입힐까 걱정이 되어 돌을 던지는 것으로 나름 애교를 부린 것일까? 애교라고 하기엔 과한 면이 없지는 않지만.

이처럼 시골을 고향으로 둔 엄마의 어린 시절 이야기는 도시에서 나고 자란 내가 쉽게 접할 수 없는 것들이다. 신비하면서도 재미있는 이야기를 듣고 자란 사람의 정서가 어떻게 도시에만 살았던 사람의 정서와 같을 수 있을까.

축하?
아니면, 위로?

'어머니, 방학한 거……. 축하해 드려야 합니까? 위로해 드려야 합니까?'

남동생이 댓글을 달았다. 그러자 엄마는 이렇게 답했다.

'아들. 호기심이 학생의 특권이라면 방학 또한 학생의 특권이니까. 그렇다면 축하가 맞는 것 같은데, 우리 아들 생각은?'

남동생은 엄마의 질문에 이렇게 답했다.

'이러니저러니 해도 방학은 좋은 거죠. 축하드려요. 어머니.'

그리고 나는 둘의 대화를 읽은 후에야 방학을 맞이한 엄마의 일상을 엿보기 시작했다.

방학하는 날은 선생님과 친구들과 헤어짐을 섭섭해 하는 날, 그래서 반회비로 녹두 송편과 음료수와 바나나를 먹는 날이 되었다.

과학 시간에 우리 반 친구가 방귀를 뀌어 한바탕 웃고, 내가 한 박자 늦게 질문을 하여 또 한바탕 웃었다. 수업 시간에 나는 궁금한 것을 못 참아서 자꾸 질문을 한다. 가만있으면 절반은 가지만 질문을 하면 무식이 탄로가 난다. 이제는 가만있어야지 하면서도, 한 가지를 모르고 지나가면 그 문제가 궁금하여 다음 문제로 이어지지를 않는다. 그렇게 망설이다가 또 한 박자씩 늦게 질문이 이어진다.

“선생님 나트륨을 소금이라고 이해해도 되겠습니까?”

뭐, 이런 종류의 질문들…….

그러면 학생들은 웃고 선생님께서는 설명하던 문제를 놔두고 나의 질문에 대답을 해주신다. 덕분에 알고 있는 학생은 복습이 되고 나처럼 알쏭달쏭한 학생은 확실하게 알게 되어 다행이다.

우리 담임 선생님께서는 방학 동안 숙제로 고사성어(故事成語) 1번 각주구검(刻舟求劍)부터 119번 호사다마(好事多魔)까지 익히라고 시험지 가득 적어서 다섯 장을 주셨다.

내가 집에서 혼자서도 할 수 있는 공부가 바로 한자 공부다. 고사성어 글자를 안 보고 쓸 수는 없지만 읽기는 다 읽을 수 있다. 이번 방학 때 안 보고 쓸 수 있게 복습을 좀 해야겠다. 영어 선생님께서도 시험지 다섯 장에 150개의 영어 단어를 숙제로 내주셨다. 방학 숙제만 다 해도, 다른 친구들을 따라는 갈 것 같다.

집에 오는 버스에서 나 혼자 우스워서 손으로 입을 꼭 막고 웃었는데, 이 글을 읽고 있는 우리 아이들도 웃을지 모르겠다.
103번 버스를 타고 오는데 영주동 정류소에서 어떤 아주머니가 버스카드 단말기에 핸드백을 통째로 접촉을 하니, 단말기가 이렇게 반응한다.
'카드를 한 장만 사용하세요. 아니면, 카드 한 장만 대 주세요.'
어떤 말인지 필기를 하지 않아서 집에 오는 동안 잊어버렸지만, 하여간 카드 한 장만 단말기에 접촉하라는 내용이었다. 하루에 버스를 두 시간씩 탔지만 기계가 그렇게 말하는 것은 처음 들어서 얼마나 웃겼는지, 잘 하면 큰소리 내어서 웃을 뻔 했지만 아무도 웃는 사람이 없어 나는 속으로 웃다가 너무 우스워서 손바닥으로 입을 가리고 웃었다. 메모리 부분은 세계에서 우리나라가 으뜸이라더니 그 값을 톡톡히 하고 있었다. 그 옛날에 기계가 말을 할 수 있을 것이라고 누가 상상이라도 했을까. 신기하다 못해 신비롭다.

여러 장의 카드를 단말기에 접촉한 아주머니는 카드 한 장으로 결제하고 아무 일 없다는 듯 좌석에 앉아 있고, 기계도 아무 일 없다는 듯 시치미 딱 떼고 있는데, 버스는 장맛비가 내리는 거리를 달린다.

카드를 한 장만 대라는 기계음이 그토록 우스웠을까. '우리 아이들도 웃을지 모르겠다'는 엄마의 걱정대로 기계음 부분에서는 웃지 않았다. 그보다는 웃음을 참지 못해 손바닥으로 입을 가리면서까지 웃고 있는 엄마 때문에 웃었다. 소녀 같다. 또르르 낙엽만 굴러가도 까르르 웃는 소녀. 일상의 작은 사건 하나에도 재미있어 하며 그것을 또 글로 남기는 감성을 어쩌면 좋을까. 아깝다. 무엇이 어떻게 아까운지는 모르겠지만, 엄마를 읽다보면 자꾸만 아깝다는 생각이 든다. 아깝다. 우리 엄마.

얼마 남지 않은 개학을 앞두고 우리 반 급우들과 만남이 있는 날이다. 방학 동안 잘 지내고 있는지 궁금하기도 하고 보고 싶기도 하여 괴정 어느 한정식당에서 만난다고 한다. 학교가 사하구에 있으니 우리들 만남의 장소도 항상 사하구다. 지하철 괴정역에서 내려 길 가는 행인에게 약속 장소 주위의 큰 건물이 어딘지를 물어가며 찾아가는데, 뉴코아 아울렛 앞에서 갑자기 소나기가 내린다. 양산을 썼지만 바람까지 동반한 비가 옷을 다 적셨다.
식당에 도착하니 약속 시간보다 10분 정도 늦었다. 도중에 병원에 들러 검진 예약을 접수하는 시간이 제법 걸렸나? 이렇게 늦으면 친구들이 기다릴 텐데 어쩌나하고 걱정을 했지만 최종적으로 모인 인원 중에 다섯 번째니 민폐는 아닌 것 같다.
친구들의 모습을 보니 방학 동안 별일 없이 잘 지낸 것 같다. 다만 미란이가 걷다가 삐끗해서 침을 맞고 있는 중이라고 하는데 발등이 부어 있었다. 나는 벌에 쏘인 이야기를 했는데 이미 부기도 다 빠졌고 붉게 된 자리도 아무렇지 않게 본래 피부색으로 돌아와 있어 언제 벌에 쏘였나 싶어 거짓말을 하는 느낌이 든다.

엄마의
선생님

이른 아침, 잠에서 깨자마자 부엌에 나갔더니 작은 방에서 막내가 영어를 가르치는 소리가 들린다.

엄마의 영어 수업이 다시 시작되었구나.

바로 알아차렸다. 몇 년 전에도 막내는 엄마의 영어 과외 선생님이었다. 엄마가 친구들과 중국 여행을 가기 위해 계를 넣었다는 소식을 전해들은 막내는 해외에 나가면 인사말이라도 할 줄 알아야 한다며 엄마에게 영어를 좀 배우는 게 어떻겠냐고 권했다. 엄마는 흔쾌히 배우겠다고 했고, 며칠 후 수업이 시작되었다. 부천에 있는 막내가 부산에 계신 엄마에게 영어수업을 하는 통로는 전화다. 엄마에게 기본기를 다질 수 있는 영어책을 보내고, 자신도 똑같은 책을 한 권 구입해 전화로 설명을 하는 것이다.

"어머니, 조는 거 아니시죠?"

조근조근 설명을 하다 말고 막내가 장난스럽게 묻는다. 수화기 너머로 엄마는 아니라고 말했나 보다. 막내의 수업은 다시 진행되었다.

나는 식탁에 앉아 뜨거운 커피를 홀짝이며 방안에서 흘러나오는 소리를 계속 들었다. 막내는 엄마가 이해하지 못하는 문장이 있으면 반복설명을 하기도 하고, 가끔씩 엄마의 컨디션을 체크하기도 했다. 문득 정민의 《책 읽는 소리》가 떠올랐다.

《책 읽는 소리》에는 옛 사람들이 책을 접하는 마음과 태도, 그리고 책의 향취를 느낄 수 있는 글들이 실려 있다. 그런데 그 내용과 무관하게 그냥 '책 읽는 소리'라는 이 말이 입 속에 찰싹 달라붙는다. 전화통화로 하는 수업이지만 내겐 마치 '책 읽는 소리'처럼 들렸으니까. 여동생의 목소리는 직접 귀로 듣고 엄마의 목소리는 눈으로 들었다. 그리고 나는 침묵으로 책 읽는 소리를 내고 있었다.

부산의 작은 방에서 엄마는 막내의 음성에 귀를 쫑긋 세우고 하나라도 놓칠세라 애써 집중을 하고 있을 터이다. 한 손에는 수화기를 들고, 다른 한 손으로는 책장을 넘기며…….

오래 전, 막내가 컴퓨터를 가르쳤을 때에도 엄마는 이처럼 막내의 말 한마디 한마디에 집중을 하며 들었으리라. 인터넷을 처음

접했을 때도, 블로그를 개설했을 때도 엄마 옆에는 항상 막내가 있었다. 그래서 엄마는 막내를 선생님이라고 부른다.

하하하. 우습다. 무슨 코미디 같다. 책을 보내다, 보내다 이제는 강경옥 지음 〈별빛 속에〉라는 순정만화 여덟 권을 보내기까지 한다. 우리 선생님(알라)이 보낸 상자에는 《KBS 특별기획, 마음》이라는 두꺼운 책도 있었다.
우리 선생님은 막내답게, 《해리포터》 같은 책을, 아들은 《영웅문》, 《왜란종결자》, 《반지의 전쟁》, 《개미》, 《뇌》 같은 책을, 우리 누나는 《중국견문록》, 《은하수를 여행하는 히치하이크를 위한 안내서》, 《루팡》, 《홈즈》 등을 보낸다. 세 아이들이 각기 다른 장르의 책을 보내줘서 나로서는 다양하게 읽을 수 있으니 너무 좋다. 그동안 바빠서 우리 선생님(알라)이 보내 준 《해리포터》를 아직 다 읽지 못했지만.
오늘 순정만화를 선물 받고 《해리포터》가 생각나 여섯 권 중에서 《혼혈왕자 3》을 집중적으로 읽기 시작했다. 가게에서 연속극을 보고, 이번에 아들이 깔아 준 새로운 게임 '손오순 소코반'에 푹 빠져서 책 보는 것을 잠시 미루고 있었더니, 읽을 책이 한꺼번에 많아지네. 그렇지만 곧 개학이라 오고 가는 차 속에서 읽으면 금방 다 읽어진다.

엄마의 선생님은 엄마의 알라이기도 하다. 서른이 훨씬 넘은 나이인데도 엄마의 눈에는 여전히 아주 작은 아기처럼 보이나 보다.

> 우리 막내(선생님, 알라)는 새해 연휴기간동안 태국 여행을 간다고 한다. 친구와 여행 가서 벌레튀김을 먹을 계획이라고 아주 즐거운 듯 웃어젖힌다.

엄마는 막내의 호칭을 하나로 정해두지 않았다. 어떤 때에는 선생님, 또 어떤 때에는 막내 아니면 알라로 쓴다. 그러다 어느 날은 '막내' 옆에 괄호까지 쳐 다른 두 호칭도 굳이 써놓았다. 막내. 그녀가 누구인지 우리 가족들은 다 알고 있지만, 엄마는 당신에게 많은 의미를 지닌 막내를 한 단어로만 표현하기가 아쉬웠던 모양이다.

한 번 시작된 수업은 하루도 거르는 법이 없다. 하루 한 시간씩, 엄마와 막내는 전파를 통해 만난다. 어느 날, 엄마가 막내에게 물었다.

"어머니 가르치느라 귀찮지?"

그러자 막내는 "전화로나마 매일 어머니 상황을 알 수 있어서 좋아요"라고 답했다.

언젠가 대부분의 막내들이 부모를 생각하는 마음은 다른 형제들에 비해 지극하다는 말을 들은 기억이 있다. 그것은 아마도 집 안에서 가장 늦게 태어나 그만큼 부모와 함께하는 시간이 다른 형제들보다 짧기 때문인지도 모른다. 일반화시킬 수는 없겠지만 적어도 나와 막내만 봤을 때 부모님을 향한 막내의 세심한 마음결은 내가 감히 따라갈 수 없다.

오늘은 두 시간을 연달아 컴퓨터 이론을 배웠다. 내 짝꿍은 5개월 동안 컴퓨터를 학원에서 체계적으로 배운 것 같다. 그에 비하면 나는 우리 막내에게 집에서 키보드 치는 데 필요한 몇 가지만 배워서 컴퓨터 선생님에게 배우고 싶은 욕심이 참 많았다.

그런데 오늘 우리 막내가 사 준 '우리 부모님을 위한'이라는 문구가 제목 앞에 쓰여 있는 컴퓨터 책을 다시 펼쳐보니, 제목에서 느껴지듯, 어제 학교에서 준 컴퓨터 책보다 내용이 훨씬 단순하게 짜여 있고, 글씨가 커서 읽기도 좋다. 커다랗게 그려놓은 '키보드' 그림에는 글쇠 용도와 위치, 명칭들을 쉽게 이해할 수 있게 상세하게 설명을 해놓았다. 다 외우기만 하면 그 명칭도 곧 알 수 있을 것 같다. 지금껏 컴퓨터를 사용하면서도 명칭을 제대로 모르고 했으니 참 한심도 하다.

청소년들에게 맞춰서 만든 책은 복잡하고 글씨가 작아 나처럼 나이가 든 학생에게는 어울리지 않는다. 학교에서 받은 컴퓨터 책이 없었더라면 막내가 보낸 책이 나이든 사람이 읽기 좋은 책이란 걸 몰랐을 것이다.

한 번쯤 들여다볼 걸. 정말 내 수준에 맞는 책을 그동안 덮어 놓고 있었다니. 갑자기 그 세월이 아까워진다. 책을 살펴본 결과, 내가 더 배워야 할 내용은 블로그 이웃이 보내주는 음악을 다운받는 것과 포토로그로 사진을 올리는 것이다. 내 마음대로 블로그를 디자인 할 수 있게 배우고 싶다면 지나친 욕심일까.

컴퓨터 선생님은 학교에서는 워드 치는 법은 안 가르쳐주니까 집에서 연습을 많이 해 오라고 하셨다. 젊은 학생은 열 손가락으로 연습을 하고, 나이가 좀 많은 학생은 독수리 타법으로 해도 얼마든지 할 수 있으니 그렇게라도 연습을 하라고 하신다. 나는 우리 막내 선생님이 처음부터 열 손가락으로 치는 법을 가르쳐줘서 '독수리 타법'이 존재하는지도 몰랐다. 열 손가락을 다 사용하는 타법을 배워 정말 다행이다. 요즈음은 키보드를 안 보고 글쇠를 칠 수도 있다.

우리 막내 선생님, 정말 고맙습니다.

당신의 소녀

방학하고 처음으로 학급 친구 갑순이 집에서 저녁식사를 했다. 봉희가 나물, 마늘 짱아찌, 된장찌개를 가져오고, 나는 언양에 사는 친구가 보내준 콩잎김치를 가져갔다. 이미 갑순이가 수박 한 통을 준비하고 우리들을 기다리고 있었는데, 또 다른 갑순이(동명이인), 덕금이, 순태도 수박을 각각 한 통씩 사왔다.

집주인 갑순이가 고사리나물, 콩나물, 깻잎김치, 열무김치, 된장찌개를 준비하여 그것만 가지고도 훌륭한 반찬이 되는데, 봉희도 호박나물, 아주까리잎나물, 열무나물, 고구마줄기를 들기름에 볶아 들깨와 찹쌀가루를 풀어 맛있게 만들었고, 호박잎, 깻잎을 쪄서 가져왔는데 그 맛이 일품이다. 이들의 반찬으로 한상 차려놓으니 그야말로 진수성찬이다.

여섯 친구들은 밥을 두 공기씩 먹었다. 후식으로 수박을 먹는데 아무리 배를 두들기며 먹어도 반쪽 밖에는 못 먹었다. 저녁밥과 수박을 먹은 후 화투판이 벌어졌는데 화투를 치면서도 뭐가 그리 우스운지 웃다가 볼일 다 보는 것 같았다.

화투판이 벌어진 후에야 을림이가 왔다. 다른 모임에서 저녁식사를 하고 오는 길이라면서 아무것도 먹지 않고 화투놀이만 조금 했다. 나는 컴퓨터에서만 고도리를 쳐보아서 아예 화투를 칠 생각을 못했다. 그런데 친구들이 "보는 것보다 실전을 해봐야 잘 칠 수 있다", "자동차도 운전을 하려면 연수를 받아야 되듯 고도리도 연수비가 좀 들어야 된다" 하고 한마디씩 한다.

옛날에 우리 친정아버지께서 화투놀음을 하여 우리 형제들이 고생을 했다는 생각을 하고, '화투는 장난이라도 안 해야지' 하고 다짐을 했었다. 그런데 언젠가 내가 오빠에게 '아버지께서 놀음으로 돈을 날렸지요?'라고 물었더니 오빠는 그렇지 않다고 대답했다.

"네가 어려서 잘 몰라 그렇지, 아버지께서 화투놀음으로 재산을 탕진한 것이 아니고, OO곳에서 산판을 하려고 나무를 샀는데 정부 정책으로 산에 나무를 베지 못하게 하여 실패를 하셨단다."

어쨌든 나는 아버지의 놀음이 내가 이 나이에 중학생이 된 동기의 시초라는 선입견을 가지고 있었다. 그럼에도 불구하고 나는 우리 아버지를 몹시 좋아하고 존경한다.

거의 두 시간을 고도리를 하고 있는데도 동무들 앞에 있는 돈은 모두 백원짜리 주화다. 다음에는 실전도 한 번 해볼까?

친구들은 오늘 모임이 정말 재미있었다며 다음에 날 잡아 또 모이자는 약속을 하고 헤어졌다.

학창시절의 소녀들은 친구들과 함께 있는 것만으로도 행복했을 것이다. 세상은 더 넓게 확장되지 않는다. 소녀들에겐 친구들과 있는 공간과 함께 보내는 시간이 있을 뿐이다. 그 안의 세상은 수줍은 속닥거림과 그들만이 공유하는 비밀로 와글거리고 있지만 바깥세상에선 그들을 볼 수 없게 차단되어 있다. 소녀들이 아름다운 것은 단지 빛나는 젊음 때문이 아니라, 자신에게 몰두하면서도 사소한 일 하나에도 기쁨과 슬픔을 느끼는 풍부하고 예민한 감성 때문이리라.

엄마는, 그리고 엄마의 벗들은 갑자기 시간을 거슬러 올라가 소녀가 된 것이 아니다. 그들 속의 소녀는 이제껏 한 번도 사라진 적이 없다. 다만 쉽게 모습을 드러내지 못했던 것뿐이다. 하지만 이제 그럴 필요가 없어졌다. 그들은 서로의 감성을 공유할 벗을 만났고, 벗 앞에서만큼은 깊은 곳에 웅크리고 있던 소녀도 고개를 내밀고 밖으로 나온다.

그들에겐 그들만이 공유할 수 있는 비밀이 생겼다. 그리고 그들만이 들락날락거릴 수 있는 세상이 생겼다. '뭐가 그리 우스운지 웃다가 볼일 다보는' 그들의 웃음소리를 상상하는 것만으로도 그곳에서는 꽤 먼, 또한, 다른 시간에 있는 내 입가까지 살짝 미소가 번지는 이유일 것이다.

어머니, 당신의 소녀는 오늘도 건재하죠?

저 험난한 인생의 고개를 굽이굽이 도느라 발가락이 짓무르고, 손가락이 터지고, 어느 사이엔가 얼굴 가득 주름이 져있고, 누군가에겐 할머니로 불리고 있지만, 당신의 소녀는 그래도 여전히 감성이 풍부한 눈으로 절대로 아름다울 수 없는 세상이라는 걸 알면서도 그 세상을 아름답게 보려 애를 쓰고 있죠?

내가 기억하는 당신의 모습 중에는 거칠고 부르튼 열 손가락에

다 글리세린을 발라 비닐로 꽁꽁 묶은 모습이 있습니다. 새벽녘부터 늦은 밤까지 물에서 손을 뗄 날이 없었던 당신의 손에 바를만한 손 크림 하나 없었다는 건 그 훗날 알게 되었죠. 그때 당신은 이렇게 말했습니다.

"우리 딸은 손이 참 곱네."

이 손을 지킨 건 당신이었는데. 칼바람이 부엌문을 두드리는 겨울날이면 우리 형제들이 추울까봐 연탄불을 지핀 방안에서 손과 발만 내밀게 해 따뜻한 물로 씻어주셨던 당신의 정성이 만들어낸 손인데. 당신의 눈빛에서 얼핏 스쳐 지나가는 부러움을 감지했더랍니다.

그때 당신의 나이가 겨우 서른넷이었으며, 지금의 나보다 훨씬 더 젊었을 때라는 걸 생각하면, 열 손가락 전부 부르튼 것이 결코 당연한 일은 될 수 없었죠. 그런데도 그때의 나는 '엄마의 손은 이런 것이구나.'라고 했답니다. 지금 내 손은 여전히 보드랍고 곱습니다. 이 손을 볼 때마다 가끔씩 그때의 일을 떠올리며 후회합니다. 당신의 딸로서 당신의 아픈 손에 위로를 보내지 못했던 그 나날들을. 어른이 되어서야 가지게 된 이 마음을 어린 날의 나는 왜 가지지 못했는지.

글리세린으로 부드러워지기를 바라며 비닐로 꽁꽁 싸맨 두 손을 허공에다 놓은 당신의 모습을 어떻게 잊어버릴 수 있을까요. 그때 당신의 소녀도 아렸을 저 편의 기억을요.

교실 풍경

한 달여의 방학이 지나갔다. 엄마의 일상은 다시 바빠졌다. 아침 일찍 일어나 가게 문을 열고 오후 3시쯤 문을 닫으면 외출 준비를 하고 한 시간 반이나 걸리는 길을 떠난다.

그 길의 끝에는 학교가 있다. 그리고 그곳에는 방학동안 그리워했던 교실, 선생님, 동급생들이 있을 것이다. 다시 시작된 수업에 마냥 즐거운 시간을 보내고 있던 어느 날이다. 선생님의 음성만이 들리는 조용한 교실에 아이들이 뛰어노는 소리가 끼어들었다.

#1

수학 시간에 복도에서 꼬마들이 떠드는 소리가 들린다. 옛날 초등학교를 다닐 때는 학교 가까이에 있는 어린아이들이 언니, 오빠를 따라와 운동장에서 노는 모습을 종종 보기도 했다. 그런데 중학생이 된 지금은 학생의 손자가 학교에 찾아오는 진풍경을 보게 된다.

수업이 끝나자 젊은 부부가 아이들을 데리고 교실에 들어왔다. 그들은 나와 동갑내기 동무의 아들, 며느리, 손자들이란다. 오늘이 동무의 생일이라고 며느리가 동무도 모르게 가족들을 데리고 찾아와 깜짝 쇼를 벌인 것이다. 찹쌀떡 두 상자는 우리 교실에 가져오고, 다른 한 상자는 교무실에 들여보냈다고 한다. 우리 반 동무들은 찹쌀떡 상자를 책상 위에 올려두고 빙 둘러서서 생일축하 노래를 불렀다.

생일을 맞이한 동무는 아직 두 시간이나 남은 수업을 뒤로 하고 가족들과 외식을 하러 나섰다. 창밖으로 보이는 그들 가족의 모습이 몹시도 행복하고 따뜻해 보인다.

#2

뒤늦게 온 미란이를 보고 우리 담임 선생님께서 "파마를 하고 오시느라고 늦었습니까?"라고 묻는다. 우리들은 예사로 보았는데. 아니, 미란이 머리를 보지 못했다는 것이 맞는 말일 것이다. 그런데 그걸 선생님께서 바로 알아차리셨다. 반 동무들은 선생님의 눈이 참 야무지다고 한마디씩 한다. 아무래도 교탁에서 내려다보면 다 보이는 모양이다.

우리 남편 생각이 잠시 났다. 어느 날, 파마를 하고 우리 남편에게 이렇게 물었다.

"미조 아버지, 나 파마 했는데, 예쁘세요?"

남편은 그냥 내 머리를 흘낏 쳐다보더니 이렇게 말했다.

"응, 뭐, 더덕대가리 같다."

두 번도 안 쳐다보고 딱 한마디 하는 것이 더덕대가리다. 기분이 나쁘기보다 많이 웃었던 기억이 나 그 이야기를 들려주었더니 우리 교실은 한바탕 웃음바다가 되었다.

#3

음악 시간에 〈여수〉로 음악 시험을 치렀다. 나는 우리 반에서 제일 노래를 잘 하는 친구와 한 조가 되었다. 노래를 잘하는 친구와 같이 하면 슬그머니 넘어가면 될 것도 같았는데, 친구는 가곡처럼 부르는 높은 음이고 나는 저음이다. 은근슬쩍 넘어가려는 얄팍한 생각에 찬물을 끼얹는 결과가 된 것 같다. 하기야, 혼자 불러야했다면 아예 부르지 않을 생각이었다. 그래도 결석한 친구가 있으니 맨 꼴찌는 면할 것 같다.

실기 시험이 끝나고 시간이 많이 남아 애니메이션으로 만든 오페라 〈휘가로의 이발사〉를 감상했다. 음악 선생님께서는 오페라에서 처음 시작되는 곡을 '서곡'이라 하고 남녀 주인공이 주고받는 노래를 '아리아'라 한다고 가르쳐주셨다.

주인공이 이발사로 변장을 하고, 진정한 사랑을 찾는다는 '알마비바 백작' 이야기는 우리나라의 〈시집가는 날〉과 비슷하다는 생각을 했다. 우스꽝스러운 만화가 재미있었고, 무엇보다 오페라를 처음 감상하게 된 게 너무 좋았다.

내가 중학생이 안 되었으면 절대로 접근하지 않았을 장르다. 우아하고, 고상하고, 화려한 사람들만 감상하는 장르 같아서 내가 보고 이해할 수 있을까 걱정을 하였는데 막상 보고 나니 그렇게 걱정하지 않아도 좋을 것 같다. 남들이 감상하고 남들이 이해하는 내용을 나라고 못할 것도 없다는 용기도 막 생기네. 언제고 기회가 되면 오페라도 사양하지 않고 감상할 생각이다.

#4

그저께 우리 반 급우들이 먹을 밥을 해 갔다. 감자, 양파, 배추김치를 숭숭 썰어 넣고 끓인 청국장과 김치만 가지고 갔는데 모두가 맛나게 잘 먹었다. 그런데 오늘은 참새 방앗간을 하는 급우가 호박떡을 가져왔다.

거의 날마다 누군가가 떡이나 빵을 가져온다. 우리 반 특성상 직장에서 바로 오는 급우가 거의 태반이라 저녁을 못 먹고 오는 경우가 허다하다. 하여 밥, 떡, 빵 같은 것을 잘 가져오기도 하고, 잘 먹기도 한다. 떡은 지각하는 학생의 몫이 있지만, 밥은 수업 시간 전에 와야 먹을 수 있다. 공부를 시작하면 밥이 남아도 먹지를 못한다.

그런데 오늘 김해에서 화훼농장을 하는 영숙이가 찹쌀을 한 되 반 정도 가지고 와서 내게 준다.

"지난번에 밥을 해올 때 찹쌀을 한 되 가져다 줘야 되겠다는 생각을 했습니다."

"그래, 고맙다. 이 쌀로 수학여행 때 마실 단술을 해갈게."

조만간 수학여행을 가려고 날을 받아 놓은 상태다. 모두가 수학여행 갈 이야기를 하느라고 교실 안은 날마다 시끌벅적하다. 학생 모두가 성인이건만, 하는 행사는 정규반 중학생에 버금간다. 그렇게 떠들다가도 선생님께서 교실 문을 열고 들어오시면, 후다닥 자기 자리로 돌아가 시침 딱 떼고 앉아 있는 그 모습이 얼마나 웃기는지.

#5

지난 사회 시간에는 '유럽세계의 성립과 발전'을 배우는데, 나는 정말 사회 시간이 재미있다. 중세 유럽의 정신적 기둥, 로마 가톨릭, 수도원 운동, 카노사의 굴욕, 스콜라 철학, 기사도 문학, 고딕 양식 등등 몹시 재미있지만 배우고 돌아서면 금방 잊어버린다. 사회 선생님께서 지난 시간에 배운 것을 물어보시기에 예외 없이 잊어버리고 '선생님. 책을 들받어봐야 되는데요(들여다보아야 알겠습니다)'라고 대답했더니 선생님과 반 친구들이 뒤로 넘어갈 듯 웃는다. 나도 모르게 사투리로 말해서 웃었다고 한다.

수학도 그렇다. 정말 신기하게도 이해는 빠르다. 그러나 잊어버리는 것은 이해하는 것보다 더 빠르다. 한 가지 신기한 것은 예전에 비해 물건을 덜 잃어버린다는 것이다. 옛날에는 버스에서든 지하철에서든 식당에서든 내 물건을 손에서 놓았다 하면 그 물건은 내 것이 아닌 것 마냥 존재 자체를 잊어버렸다. 지금은 내리고 일어설 때 뒤를 돌아보는 습관도 생겼다. 아무래도 학교에서 공부를 한 덕인 것 같다.

예전에는 내가 지식이 없다는 것뿐 아니라 건망증이 있

다는 것도 모르고 지냈다. 어느 연속극에 나오는 말이 생각난다. '국어를 배우면 주제를 알고 수학을 배우면 분수를 알아야 된다'고 하던데 그 말이 잊히지가 않는다.

#6

어제 체육 시간에는 탁구를 쳤다.

생전 처음 —지금 내가 학교에서 배우는 것 중 처음 아닌 것이 있을까마는— 탁구 라켓도 쥐어보고, 서브를 넣는 법도 배웠다. 체육 시간 내내 탁구공을 줍느라 꽤나 움직였다. 그 덕에 오늘은 몹시 피곤하여 공부 시간에 커피를 진하게 한 잔 먹기까지 했다.

지금 배우고 있는 수학은 1차 방정식이다. 처음에는 '이게 뭔 뜻인가' 어렵게 생각했지만 배울 때마다 이해가 되고, 더 배우면 좀 할 수 있을 것 같기도 하다.

우리 국어 선생님께서는 국어를 정말 열심히 가르쳐주신다. 선생님은 우리가 지금 고등학교에서나 배울 수 있는 문법을 배우고 있다고 하셨다. 우리 반에는 글을 쓰고 싶어 하는 학생이 많아서 고등학교에서 배울 것을 미리 가르쳐 주신다고 하니 나로서는 몹시 고마운 일이다.

글을 쓰고 싶어 하는 학생, 우리 엄마도 그중 하나다. 중학교를 다니기 시작한 후 엄마는 블로그에 이런 글을 썼다.

첫 시간은 영어고 둘째 시간은 국어다. 국어는 내가 제일 좋아하고 배워보고 싶은 과목이라 정말 관심 있게 들었다. 그런데 오늘 또 아무 것도 모르면서 수필이니 뭐니 한 것 같아 내가 생각해도 웃긴다. 국어가 정말 어렵다는 것을 깨달았다. 게다가 무엇이든 만만하게 생각한 이 무식이 또 한 번 드러났다.

옛날, 이황은 〈도산십이곡〉에서 학문을 하는데 '우부(어리석은 사람)도 하면 그 아니 쉬운가, 성인도 못다 하시니 그 아니 어려운가, 쉽거나 어렵거나 (학문하는) 중에 늙는 줄을 몰라라'하고 시를 읊었다. 누구나 할 수 있는 게 학문이라지만 하면 할수록 어려운 게 학문이라는 뜻이다. 엄마는 국어를 공부하기 시작하면서 바로 그와 같은 난관에 부딪혔다.

운문 한 편에도 소재, 제재, 주재, 조화의 아름다움, 자유시, 서정시. 운율(음악적 요소), 내재율, 외재율이라는 게 있다. 또, 심상에는 시각적 심상, 청각적 심상, 후각적 심상, 미각적 심상, 촉각적 심상, 공감적 심상이 있다. 심상을 영어로는 이미지라고도 한단다.

그냥 수필을 쓰고 싶을 뿐인데, 국어를 배우면 훨씬 더 잘 쓸 수도 있을 것 같은데. 엄마는 그러한 마음으로 학교를 다니고 싶어했고, 그래서 다른 과목보다 국어에 더 집중했다. 하지만 이제껏 들어본적 없는 단어들에 엄마는 당황했다.

국어가 어렵구나. 우리말인데다 좋아하는 과목이라 가장 쉬울 것이라 생각했는데.

몰랐을 때가 오히려 용감하게 수필가의 꿈을 꿀 수 있었다고 엄마는 한탄하지만, 내 생각은 다르다. 소재나 주재, 심상 따위는 몰라도 괜찮다. 글은 단어나 지식에서 나오는 것이 아니라 엄마의 시선, 엄마의 마음, 엄마의 손끝에서 자연스레 만들어지는 것이다. 그리고 엄마는 매일 글을 쓰고 있다. 당신의 언어로 솔직하면서도 따뜻한 시선을 세상에 맞춘다. 그러한 엄마에게 권위를 가진 누군가가, 혹은 단체가 '수필가'라는 명칭을 꼭 붙여주어야만 수필가가 되는 것은 아니다. 글을 쓰고 있는 엄마는 이미 수필가이고 내게는 가장 아름다운 글쟁이다. 그러니 엄마의 꿈은 현재진행중. 매일 매 순간.

당신의 독자는 충성심이 강하답니다. 어머니, 어려워하지 마세요. 아무리 모르는 단어가 나와도 어렵다고 생각하지 마세요. 어머니의 모습을 있는 그대로 보여주는 것만으로도 당신의 글은 금빛 활자처럼 빛나는걸요.

세탁기의
또 다른 기능

깜박 건망증으로 호주머니에 넣어둔 휴대전화를 세탁기에 넣고 힘차게 돌려 고장을 내었다. 마침 짝꿍이 된 친구가 사용하지 않는 휴대전화가 있다며 주었다. 짝꿍 남편이 선원인데 작년 여름에 선상에서 병사(病死)했단다. 휴대전화를 받는 과정에서 그 사연을 알게 되었다. 그런데 그 휴대전화는 비밀번호로 꽁꽁 묶여 있어 아무 짓도 할 수 없었다. 나는 짝꿍에게 비밀번호를 풀어서 남편의 추억을 알아야 되지 않겠느냐는 명분을 내새워 도로 돌려줬다. 짝꿍은 남편의 장례를 치르고 난 후 배터리가 다 닳은 휴대전화를 넘겨받았다고 했다. 그 때문에 비밀번호로 잠겨 있는지도 몰랐단다.

희정이 어머니가 여분으로 가지고 있는 전화기를 줘서 사용하고 있는데 이번에 우리 아들이 새 휴대전화를 사줬다. 아이들은 큰 것을 고르라고 했지만 내가 정신이 없어 사고를 잘 내는 관계로 이제는 목걸이처럼 목에 걸고 다니려고 제일 작은 것을 선택했다. 무거우면 목 디스크에 걸릴 수도 있다는 이야기를 들은 것이 생각나서다. 사진 찍는 기능은 없어도 되는데 사진기 기능도 있다. 그런데 우리 막내가 이런다.

“어머니, 싫증나면 또 세탁기에 돌려서 더 좋은 것 사달라고 하세요.” (이번에 세탁기에 돌리면, 우리 막내가 사줘야 될 것 같다)

휴대전화를 사는 것은 이번이 세 번째다. 첫 번째는 우리 남편이 사준 건데 가게에 둔 걸 누가 훔쳐갔고, 두 번째는 우리 큰딸이 사준 건데 이번에 세탁기에 돌려 고장났다.

휴대전화를 구입한 뒤엔 아들이 사주는 영덕대게를 온 가족이 맛있게 먹었다. 며늘아기도 같이 왔으면 좋았을 것을. 우리 며늘아기가 부산에 오면 내가 한 번 사줘야 되겠다.

"아들, 돈을 많이 써서 우짜노? 전화기도 사고, 효린이가 제사 비용도 보내 줬는데."

대게를 실컷 잘 먹은 후, 아들에게 이렇게 물었다. 그러자 아들이 대답한다.

"예. 어머니 이렇게 쓸려고 돈을 벌고 있습니다."

마음들이 참 예쁘다. 그래서 나는 행복하다. 그런데 이 이야기를 들은 우리 둘째 동서는 이렇게 말했다.

"형님. 질부는 출산하고 생활비도 많이 들었을 텐데. 마, 휴대전화 쓸 만하면 그냥 쓰시지 아들에게 사달라고 했어요?"

"응. 여태껏 폴더를 사용해 봤으니 이제는 슬라이드로 된 것 사용해 보려고. 덤으로 사진기까지 붙어있으니 좋기만 하다." (내가 너무 철이 없나?)

지금까지 철든 인생을 살아오셨다면, 이제부턴 철들지 않은 인생을 살아갈 법도 한데 이미 들어버린 철은 인이 박힌 것처럼 웬만해서는 빠지지도 않는다. 그래서 엄마는 수줍게 묻는다. 내가 너무 철이 없나?

철은 없어도 돼요. 더 없어도 돼요. 자식들에게 철이 든 모습을 보여 뭐 하게요? 우리가 어릴 때 그랬던 것처럼 엄마도 당당하게 요구하셔도 돼요. 어차피 우리도 가진 것만큼만 할 수 있으니까요.

그나저나, 이 글 외에도 엄마는 '건망증'을 제목으로 글을 많이 썼다.

사람이 간사하기가 이를 데 없다. 비가 안 내리면 안 내린다고 야단이고, 많이 내리면 많이 내린다고 야단들이다. 그 가운데 나도 한몫하고 있지만. 어쨌든 지금 내리는 비는 농촌에는 소용이 없는 듯하다. 장마철답게 쉬엄쉬엄 적당하게 내려야지 쏟아지듯 하니 정신이 없다. 하도 비가 많이 내려 아침에도 늦게야 가게 문을 열었지만 기다리는 손님은 오지 않고, 바람에 실려 빗줄기가 가게 안을 넘본다. 그냥 셔터를 내리고 비를 뚫고 시장에 가 열무 한 단, 배추 한 단, 홍고추를 사가지고 와 김칫거리로 절여놓은 뒤 학교에 갔다.

버스 안에서 책을 보다 장림 삼거리가 눈앞에 보여 서둘러 내리다가 우산을 두고 내렸는데, 비가 내리는 것을 보고 다시 올라가 우산을 들고 내렸다. 바쁘게 버스에 다시 올라가긴 했는데 우산이란 단어가 생각나지 않아 '아저씨. 저거 들고 가게 조금 기다려주세요'라고 말하기까지 했다.

그런데 어쩌랴. 집에 가는 길에 기어이 버스 안에다 우산을 놓고 내렸다. 비가 그쳤거든. 같이 내린 친구에게 말했다.

"나두 참 얼빵하지?"

그러자 친구는 "그러게. 책은 손에 들고 다니면서"라고 여운을 남기는 말을 했다. 책을 본다고 우산을 내려놓지만 않았어도 잊어버리지는 않았을 텐데. 내 건망증은 내가 잘 알기에 어떠한 물건이든 항상 손에 들고 있었는데. 결국 오늘도 우산을 잃어버리고 말았다.

물건을 곧잘 잃어버리는 거야 속은 상하겠지만 다시 구입할 수 있으니 크게 문제될 것은 없어 보였다. 하지만 가스 불을 켜놓고 잊어버리는 것은 전혀 다른 얘기다. 엄마의 말을 빌리자면 '냄비를 예술적으로 까맣게 태우는 일'은 예삿일이 아니다. 요즘에는 엄마도 당신의 건망증을 걱정한 나머지 가스 불에 냄비를 올릴 때에는 반드시 알람을 맞춰 놓는다니 그나마 안심이지만, 예상치도 못한 곳에서 가슴을 쓸어내릴만한 사건이 발생하고 말았다.

가슴을
쓸어내렸던
사건

나를 사랑하는 사람들이 놀랄까봐 안부부터 전하자면 나는 멀쩡하게 잘 지낸다. 지난 수요일 낮 2시경은 내 생애에서 지우고 싶은 날이었다. 가게에 있다 잠시 집에 들렀더니 뭔가 타는 냄새가 나는 것 같아 '가스를 켜 놓고 나왔나?' 했다. 하지만 가스에는 아무 짓도 한 흔적이 없었다. 그렇다면 전기인가?

커버나이프 스위치를 내려놓고 방문을 열어보니, 선풍기

가 있는 자리에 다 타고 남은 빨간 불덩어리가 이글거리고 있었고, 방안은 연기로 암흑천지였다. 숨도 쉬지 않고 방에 들어가 뒷문과 창문을 열어 젖히니 연기가 밖으로 한꺼번에 뭉쳐서 뭉게뭉게 나간다. 그제야 동네 사람들이 미조 엄마 어디 있느냐고 찾는 소리가 들리고, 소방서에 전화하라는 소리도 들린다. 나는 이미 불이 꺼졌으니 소방서에 전화 하지마라고 하고 빨갛게 보이는 불덩어리에 물을 세 바가지 부었다.

상황을 보니 선풍기 과열로 불이 난 듯하다. 선풍기는 날개를 감싸고 있는 철사와 모터만 남아 있고, 그 옆의 플라스틱 소쿠리는 홀랑 다 타버렸다. 전기밥솥도 한쪽이 녹아 있다. 온 방안은 오래된 굴뚝에서나 볼 수 있는 그을음으로 채워져 있다. 천장, 방바닥, 벽 할 것 없이 시커먼 것이 그야말로 굴뚝 속 같다.

우선 방을 치워야 했는데 이웃 아저씨 두 분이 걱정을 하면서 도와주었다. 내가 "벽에 액자가 두 개 걸려있는데 좀 떼어주세요" 하고 부탁하자 액자를 한 개 떼어 온 아저씨는 "액자가 한 개 밖에 없습니다"라고 말한다. 그을음 때문에 벽인지 액자인지 분간이 가지 않았던 것이다. 벽걸이 에어컨은 녹아 휘어져 있고, 방안에 있는 모든 물건들은 기름 그을음으로 번들거린다.

가끔 뉴스에서나 봄직한 화제가 나로부터 야기될 줄은 꿈에도 생각지 못했지만 부주의해서 일어난 일이니 할 말이 없다. 우리 집하고 같이 지어서 딱 붙어있는 담배집 부부는 또 얼마나 놀랬을까. 화재가 크게 일어날 수도 있었는데, 이만하기 정말 다행이다. 이것은 조상이 도왔고, 부처님의 가피라고 생각할 수밖에 없다.

이웃들이 '정말 다행이다', '만분다행이다' 등 위로의 말들을 비슷하게 하는데, 의령 쌀 상회 사장님의 위로의 말씀은 내가 생전 처음 듣는 말이었다.

"눈이 빠져도 만분다행이라고 하듯, 참 다행입니다."

곰곰이 생각해보니, 눈이 빠지는 재난을 당해도 살아있는 것이 만분다행이라는 뜻일 게다.

정말 며칠 동안 열심히 빨래를 했다. 기름 그을음이라 강력한 세제와 주방용세제를 섞어 장롱 안의 이불과 옷을 빨았다. 겨울옷은 다행히 2층 아이들 방 장롱에 걸어두어 별 다른 피해를 입지 않았다.

아이들에게 알릴까? 말까?

고민하다가 시누이집에 전화로 오늘 저녁에 "액시(애기씨)집에 자러갈까?" 하고 물었다.

"그래, 오너라. 잘 방이야 많지. 그런데 왜?"

액시가 물었다.

"응. 열쇠를 잃어버려 집에 못 들어가서."
여러 사람이 걱정하는 것을 원치 않아 거짓말을 했다.
오밤중에 시누이 집에 가서 자고 아침에는 밥맛이 없다는 핑계로 그냥 집에 가려 했는데, 액시가 미역국을 끓였다고 하여 국만 한 그릇 먹고 왔다. 정말 밥알 한 톨도 넘어가지 않았다.

세상에, 화재라니!
이웃 사람들 말마따나 만분다행하게도 엄마는 다치지 않았지만, 당신 혼자 힘들고 고단했을 그 시간들은 어쩌나.

목요일엔 2층 아이들 방에서 잠을 잤다. 장마철이라 심야 전기 난방을 하여 빨래를 방바닥에 깔아서 말렸다. 금요일엔 우리 며늘아기에게 전화를 하여 선풍기 과열 이야기를 하니 며늘아기가 눈치 빠르게 물었다.
"화재가 났습니까?"
그에 상황을 전하며 며늘아기에게 "너거 신랑 좀 보내줘라. 혼자는 도저히 감당이 안 된다" 하고 덧붙였다.
토요일에 아들이 왔다. 아들은 장판과 대배 비용을 처리해줬고, 최신 컴퓨터, 평면 텔레비전, 전화기, 에어컨을 설치해주었다. 이마트에 가서 생필품을 사주고 저녁 7시 쯤 수원으로 갔다.

우리 아들에게 안 써도 될 비용을 쓰게 하여 미안한 마음도 있지만, 내게 있어 우리 아들은 든든한 빽이다. 자꾸 걱정시키지 말아야 할 텐데. 내가 보태지 않아도 할 일이 많은 아들인데.

연기에 질식한 우리 방 물건들을 정리하려면 앞으로 많은 시간이 걸릴 것이다. 책만 해도 그렇다. 읽은 뒤에는 2층 아이들 방 책장에 꽂아두면 좋았을 것을. 내 방에 놓고는 귀찮아서 그대로 둔 바람에 버려야 하는 것도, 닦아야 하는 것도 많아졌다. 단술을 만드는 큰 밥솥도 진작 다른 곳에 두었더라면 형태가 비뚤어지지 않았을 텐데. 정리 정돈 안 하고 가전제품을 만만하게 생각한 죄를 톡톡히 치르고 있다. 앞으로는 사람이 없을 때는 전기 코드를 아예 뽑아놓고 다녀야겠다. 그동안은 가스를 조심하는 데만 신경 썼거든.

소식을 전해들은 남동생이 부산에 내려가 화재로 엉망이 된 집안을 정리했다.

"이처럼 큰일을 왜 이제야 말씀하십니까?"

속이 상한 남동생은 한마디 했다고 한다. 멀리 떨어져 있다고 자식이 없는 것도 아닌데, 이런 때 자식을 활용하지 않으면 언제 활용하느냐고.

어머니, 당신이 마음을 어루만져주던 아이들은 이제 어른이 되었습니다. 이젠 당신을 보듬을 마음도 키웠어요.

그러니 어머니, 더 당당히 요구하세요. 우리가 어린 시절 당신에게 그랬던 것처럼.

분수 아래에서의 왈츠

엄마는 중학생이라면 당연히 누려야 하는 온갖 일들을 다 경험하고 있다. 스쿨버스도 타고, 교실에서 떠들다 선생님이 들어오면 후다닥 자기 자리로 돌아가 앉기도 하고, 학생교통카드도 사용하고, 소풍도 가고, 반 친구들이랑 동창회를 만들어 함께 놀기도 한다. 그리고 고대하던 수학여행도 떠났다.

#1

수학여행을 가는 학생들은 아침 8시까지 장림동 지존 앞에서 모이기로 했다. 아침 7시에 우리 큰시동생이 자가용으로 장림까지 태워다 주었는데 비가 내리기도 하고 출근길이라 도로가 막혀 5분이나 늦게 도착했다. 자가용이라서 금방 갈 줄 알았는데 지각을 하여 미안한 마음이 한가득이다.
여행가는 마음이 나이를 먹는다고 덜 한 것은 아니어서, 며칠 전부터 들뜬 마음에 잠을 설치다보니 눈가가 아프다.

#2
콘도에 짐을 풀어놓고, 저녁을 먹은 후 강원랜드 극장에 가 매직쇼를 관람했다. 그냥 마술이라고 하면 품위가 떨어지고, 매직쇼라고 하면 품위가 있는지는 모르겠지만, 모든 사람이 알아듣기 좋게 마술이라고 하면 될 것을. 처음엔 매직쇼가 뭔지를 몰라 선생님께 살짝 "매직쇼가 뭡니까?"라고 물었다. 그러자 선생님께서 매직쇼는 마술이라고 가르쳐주셨다.
마술을 재미있게 보고 나니 아주 여려 보이는 아가씨가 무대로 나왔다. 그녀는 머리나 발끝으로 탁자를 돌리는 묘기를 부렸다. 양산, 방석 등을 다섯 개씩 빙빙 돌리는 묘기는 신기하다 못해 차라리 애잔한 마음이 든다. 저렇게 하기 위해 얼마나 많은 훈련을 했을까?
영롱한 빛으로 반짝이는 브라와 삼각팬티만 입고 춤을 추는 아가씨들은 하나같이 얼굴이 작고 날씬하여 마론인형 같이 예쁘다. 이처럼 화려한 조명 아래에서 음악 소리에 맞춰 춤을 추며 사는 것도 부러운 삶이다.

#3
강원랜드 지하 분수대에서 빛 쇼를 하는데 숙소로 갈 사람은 관광버스를 타고, 빛 쇼를 볼 사람은 약 30분을 기다려야 한단다. 갈 때는 택시를 타든지 걸어가야 된다는 말을 듣고도 우리 룸메이트 8명은 다 같이 빛 쇼를 보려고 기다렸다.
분수대에서 쇼를 한다기에 나는 물 쇼로 잘못 듣고 있었다. 시간이 거의 다 되어 분수대 가까이에 가니 불이 꺼지면서 쾅 하는 소리가 들렸다. 뒤이어, 빨간빛, 노란빛, 초록빛의 레이저 광선이 온갖 모양으로 춤을 추는 것에 맞춰 높이 솟아오른 물이 일렁거렸다. 그 사이로 세 가지의 색이 차례로 한데 어우러져 정말 환상적인 분위기를 자아냈다.
분수대 주위에는 구경하는 사람이 별로 없었다. 우리 방동무 8명은 어깨동무를 하고 음악에 맞춰 캉캉 춤을 추다가 또 다른 음악에 맞춰 막춤을 추기도 했다. 또 다른 음악이 흘러나오자 미란이는 왈츠를 췄다. 정식으로 배운 춤은 아니라고 해도, 지금 나오는 음악에는 왈츠를 춰야 될 것 같았다.

분수대에는 사람이 없다고 마음 놓고 기분을 내었는데, 건물 2층에서 우리 담임 선생님과 교감 선생님께서 다 보고 계셨단다. 다른 사람이야 보든 말든 그곳을 떠나면 그만이지만 선생님께서 보셨다니 몹시 부끄러웠다. 그런데 우리 선생님께서는 "보기 좋았다"고 말씀해주신다. 교감 선생님께서도 보기 좋다고 하시며 춤을 추는 이들이 누군지 궁금해 하기에 우리 담임 선생님께서 "우리 반 학생입니다"라고 말씀하셨단다.

빛의 예술을 다 관람한 후 두 분 선생님께서는 다른 볼일이 있다고 먼저 가시고, 우리들은 숙소에서 운행하는 셔틀버스를 타고 숙소로 돌아왔다. 빛 쇼를 못 본 우리 반 동무들은 이건 몰랐을 것이다. 셔틀버스를 타고 올 수 있다는 것을. 다음날 우리는 우리가 본 것 보다 더 부풀려서 자랑을 했다.

색색의 빛깔들과 솟구치는 물줄기 사이로 8명의 여자들이 춤을 춘다. 일렬로 서서 어깨동무를 한 채 춤을 추기도 하고, 둘씩 혹은 서너 명씩 짝을 이루어 춤을 추기도 한다. 혼자 춤을 추는 이를 위해서는 박수를 치면 수줍게 웃기도 한다. 8명의 여자들이 흥겨움에 몰두한 사이 분수대 앞은 화사한 무도회장으로 바뀌었다. 나도 그 자리에 있었다면, 그들이 만들어낸 동화 같은 그림에 시선을 빼앗기고, 교감 선생님처럼 물었을 것 같다.

도대체 저들은 누구랍니까?

수학여행을 온 중학생들, 그냥 중학생이 아니라, 한 집안의 며느리, 아내, 엄마에서 뒤늦게 중학생이 된 사람들. 익히 알고 있는 답이지만 이 답으로 인해 여덟 숙녀들의 춤은 훨씬 더 신비롭고, 아름다운 모습으로 아른거린다. 아쉽다. 그때 그 자리에 있었다면 직접 보았을 그 모습들이.

반전 엄마

지난 몇 년 간 엄마의 가장 큰 고민은 '컴퓨터 중독'이 되어버렸다. 컴퓨터 앞에 있다 보면 시간 가는 줄 모르고 살림을 자꾸만 뒷전으로 미룬다는 것이다.

#1

그동안 피로가 쌓여 나른한 몸은 무겁기 이를 데가 없다. 정오가 되어서야 일어나 부엌 청소를 시작하려다 그만두었다. 청소를 해도 표도 나지 않고 재미도 없다. 내일 모레 장을 담그려면 물에다 소금을 넣어두어야 하는데 그것도 하기 싫다. 아무 짓도 하지 않고 컴퓨터 앞에만 앉아 있다. 고도리를 치다가 스파이더 게임을 하기도 한다. 오늘은 스파이더 게임에서 카드를 95번 움직여 게임을 끝내 기분이 좋았다. 그리고 영문으로 워드를 치기도 했다.

큰일이다. 주부가 일은 하기 싫고, 턱도 없이 컴퓨터 앞에 앉으면 눈이 반짝거린다. 여태껏 살림살이만 한 게 용하다.

#2

지금까지 스파이더 게임에서 이동 수 100을 넘긴 적이 없다. 언젠가는 100까지 되게 해야지 했는데 방금 이동 수 97로 스파이더 게임을 끝냈다. 이 새벽에 97로 끝낼 수 있어 기분이 좋다. 날마다 연습한 보람이다.

아까 자다가 새벽 3시에 일어나서 게임을 하기 시작했다. 사실은 이 시간에 수원지 산에 가서 등산을 하거나 포교원에서 백팔배를 해야 건강에 좋은데, 이렇게 컴퓨터 앞에서 게임만 하니 큰일이다. 이러면 안 되는데 하면서도, 컴퓨터 게임을 하고 있으니 중독이 되었나보다.

날씨가 쌀쌀한데도 모기는 극성을 부려서 새벽 일찍 잠에서 깼다. 처서가 지나면 모기 입이 삐뚤어진다더니 그런 것도 아닌가 보다. 홈매트를 올려놓고 자는데도 모기는 극성을 부린다.

깊어가는 가을밤에 잠 설치고 일어나도 컴퓨터가 있고, 게임을 할 수 있어 좋다. 그야말로 혼자서도 잘 논다.

컴퓨터하는 시간을 좀 더 줄이면 그 시간에 책을 읽을 수도 있을 테고, 공부도 할 수 있을 텐데. 엄마는 몇 번이나 이렇게 중얼거리지만 컴퓨터 오락을 끊기는커녕 오히려 더 많은 시간을 할애한다. 그런 자신을 두고 엄마는 이리 한탄한다.

작심삼일은 나를 위해 만든 단어인가 보다.

엄마의 작심삼일은 비단 컴퓨터 오락에만 해당하지 않는다. 몇 년 전부터 엄마의 숙원 사업이 되어버린 체중감량도 마찬가지다. 운동을 열심히 해 살을 빼야겠다고 결심을 하지만 하루나 이틀만 하다 그만두는 경우가 허다하다. 그 때문에 엄마는 몇 번이나 '이런 작심삼일을 봤나' 하며 당신의 약한 의지를 자책했다.

사실 수년 전부터 엄마의 배는 나잇살 때문인지 불룩해졌다. 가끔 엄마를 볼 때마다 배를 매만지며 "어머니, 살을 빼야겠어요" 하고 은근히 스트레스를 주기도 한다. 굳이 내가 말하지 않아도 엄마가 모를까마는, 이번엔 말하지 말아야지 하면서도 배를 보면 그 말이 나와 버린다. 이래서 엄마도 나를 볼 때마다 '이렇게 말라서 어떡해'라는 말을 습관처럼 하나 보다.

하지만 나는 엄마와 달리 어느 날 갑자기 체중에 변화가 생긴 것은 아니다. 어릴 때부터 지금까지 늘 마른 몸이었다. 그런데도 엄마는 늘 한결같이 내 마른 몸을 걱정했고, 나는 그것이 신기해 한날은 이렇게 물었다.

"어머니, 전 늘 이런 몸이었는데, 이게 수십 년 걱정거리가 될 수 있나요?"

그러자 엄마는 슬쩍 웃더니 이렇게 답했다.

"하기야 나도 한 번쯤은 그런 몸으로 살고 싶기도 하다."

이런, 세상에. 몹시 의외인데다 상상도 못한 답변이다.

잘 먹지 않는 아이, 그래서 늘 빼빼 마른 몸으로 성장하는 동안 들어야 했던 엄마의 걱정이 얼만데, 이제와 한 번쯤은 이런 몸으로 살고 싶다니. 어머니, 이건 희대의 반전이에요.

엄마는 다이어트 중

확실히 엄마에겐 다이어트가 필요했다. 아마 엄마와 함께 살고 있었다면 매일같이 잔소리했을지도 모른다. "어머니, 살 빼야 해요." 아무리 엄마의 건강을 위해서라지만 엄마에겐 분명 스트레스가 되었을 것이다.

그런데도 모른 척, '어머니, 비만이 만병의 근원이래요.'라고 엄마도 익히 알고 있는 말을 반복했을 것이다. 엄마의 배가 자꾸만 눈에 띄니까. 내 마른 몸이 자꾸만 엄마의 눈에 띄었던 것처럼.

#1

금방이라도 비가 내릴 것 같더니 성지곡 수원지의 산을 막 들어서자마자 한바탕 비가 내린다. 우산을 쓰고 산길을 걷는 것도 운치가 있어 낭만적이다.

체력 단련장에 도착하기 전만 해도 비를 맞으며 훌라후프를 돌리면 청승스러울 것 같아 걷기 운동만 하려 했다. 하지만 막상 훌라후프를 보니 또 돌리고 싶어 15분가량을 돌렸다. 그러다 연지동에 산다는 아주머니와 이런저런 말을 나누게 되었다.

연지동 아주머니는 나보다 네 살이나 많건만 훨씬 젊어 보인다. 비결이 뭐냐고 물었더니 10년을 산에 다니니 주름이 안 생긴다고 한다. 그리곤 나보고 눈가만 좀 당기면 좋겠다고 하기에, 나는 "생긴 대로 살아야지, 지금 주름을 당겨서 뭐 하겠어요?"라고 대답했다. 대신 나는 목에 주름이 없어 그걸로 만족한다고 덧붙이며, 내 목을 보여줬다.

(나도 알고 있다. 어디 눈 아래뿐이겠는가? 볼도 처지고 있다. 그렇지만 나는 유치하게도 눈가 주름 이야기에 목을 보여주고 말았다. 굳이 그렇게 하지 않아도 될 것을……)

#2

지난 금요일에 동급생에게 선물 받은 상추를 사물함에 넣어둔 걸 깜빡 잊고 집에 갔었다. 수업이 끝난 후 상추를 챙겨 집에 와서 보니 겉잎이 좀 시들하기는 해도 씻으니까 금방 살아났다. 대변항 멸치 가게에서 덤으로 받아온 멸치횟감이 냉동실에 있는 게 생각나서 잠자리에 들 시간임에도 멸치회를 상추쌈을 해 먹었다. 커피를 마시기에는 늦은 시간이라 내가 담근 포도주를 한잔 마시는 것으로 대신했다. 맛은 있는데 살찌겠다. 여기서 더 찌면 안 되는데 큰일이다. 어느 요가 선생님이 그러는데, 깊은 밤에는 귀신이나 음식 먹는다고…….

#3

수원지 못가 벤치에 앉아 못을 바라보니 빗물이 떨어지면서 수면에 부딪혀 못에 담긴 물을 당겨 작은 동그라미를 그리기도 하고 물방울을 만들기도 한다.

초등학교를 다녔을 때였다. 국어 시간이었던가? 한 학생이 '나는 갈 테야. 연못으로 갈 테야. 오리돌뱅이 그리러 연못으로 갈 테야' (오리돌뱅이는 동그라미를 뜻하는 우리 고장의 사투리다)라는 노래를 불러 교실이 떠나도록 웃던 기억에 나 혼자 웃었다.

수원지 못은 물안개도 피우고, 비가 오면 동그라미를 그리기도 한다. 가만 보니 제법 구경거리가 된다. 아주 멋진 풍경이다. 전에도 있었을 풍경이겠지만 나는 오늘 처음으로 비 내리는 모습을 아주 찬찬히 보았다.

비가 그친 뒤에야 훌라후프를 10분 동안 돌리고 줄넘기는 30번 정도 넘었다. 내 건강은 내가 잘 돌보아야 아이들의 걱정도 덜어 줄 수 있다. 그 때문에, 시도 때도 없이 마셔대는 커피도 줄였다. 이런다고 걸릴 병이 안 걸리는 것은 아니지만 평상시에 건강을 챙기지 않아 덜컥 큰 병에 걸리면 그것만큼 얄미운 것도 없을 것이다.

체중을 조금이나마 줄이려고 식사량도 줄였다. 내 덩치가 있는데 밥의 양을 줄이는 게 그리 만만한 일이 아니다. 먹는 즐거움을 으뜸으로 삼는 내가 음식을 줄이는 건 정말 어려운 일이다. 얼마나 오래 버틸지는 모르겠지만 하여간 시도는 하는 중이다.

#4

액시(시누이)집에 놀러갔더니 액시가 바지를 샀는데 자기에겐 작다고 입을 수 없다고 한다. 짧은 청바지와 깔깔한 천으로 만든 바지 두 개를 나보고 입으라고 한다. 액시에게 작으면 나도 작은데. 그렇지 않아도 건강검진에서 비만 1단계라는 판정을 받았는데, 비타민제와 칼슘제까지 복용하고 있으니 체중이 더 나가는 것 같다. 이러다 잘하면 '금복주'가 되지 않을까? 어쨌든, 생각지도 못한 바지가 두 개나 생겼다.

액시집이라도 내가 마음 놓고 쉴 곳은 아니다. 알뜰한 액시는 선풍기를 켜놓고 있다가 내가 오면 에어컨을 켠다. 그렇더라도 나는 빨리 우리 집에 가서 마음 놓고 쉬려고 집에 왔다.

오후 4시에 번개가 번쩍하더니 천둥이 요란하게 친다. 이러다가 무슨 일 내겠다 싶은 생각이 들 정도로 하늘이 큰 소리로 울고, 비가 억수같이 쏟아진다. 며칠 전부터 등산길에 기어 나오는 민달팽이, 낮게 맴도는 잠자리, 아주 작은 종류의 까만 개미 무리를 보고 이미 비가 내릴 것을 예상했었다.

액시집에서 빨리 나오기를 잘했다는 생각을 하고, 주룩주룩 내리는 빗소리를 들으면서, 양파 3개를 참기름에 볶아 늦은 점심을 먹었다. 어제 제일 큰 양파 한 자루를 8천원에 샀다. 세어보니 주먹만 한 양파가 50개나 된다.

양파, 마늘, 파 등 채소를 좋아하고 잘 먹는데, 비만이 된 게 믿어지지도 않고 억울하다. 하긴, 소들은 풀만 먹고도 살찌우고 있는 것을 보면 채소가 비만이 될 수도 있겠구나 싶다. 그래도 비만 1단계 진단을 받은 후 4개월 만에 5kg을 뺐다. 그러자 친정어머니께서는 '이제 그만 빼도 되겠다. 얼굴에 주름이 많이 져서 보기 안 좋다'고 말씀하신다.

오래전 있었던 일이 생각났다.

큰집 사촌형님께서 고향 큰집에 다녀오신 것을 알고 '형님. 큰집에 가시니까 큰어머님께서 형님이 많이 애빗(수척)다고 하시지요?'라고 물었다. 그런데 형님의 대답이 걸작이다.

"아니. 친정도 아닌데, 뭐. 누가 애빗다고 하겠노?"

그 대답을 듣고 형님과 같이 많이 웃었다. 맞는 말이다. 여자에게 친정어머니는 많은 위로가 된다는 걸 나이가 들수록 새록새록 느낀다.

그건 그렇고, 살이 빠지니까 우선 걸음걸이가 가볍다. 학교 가는 길은 오르막이라 예전 같으면 숨이 들숨 날숨 했었다. 옷을 입으면 옆구리가 울퉁불퉁해지는데다 윗배가 불룩하니 솟아 나왔다. 어쩌다 사진이라도 찍으면 뱃살 나온 것이 더욱 도드라졌다. 하지만 지금은 그럭저럭 볼만하다. 그동안 손가락에 들어가지 않던 반지도 지금은 꼭 맞다. 맞을 뿐만 아니라 손가락에서 빙빙 돌기까지 한다.

이웃사촌은 내게 어떻게 살을 뺄 수 있었냐고 묻는다. 사실 별 다른 방법은 없다. 그래서 내가 아는 대로 솔직하게 말해줬다.

"글쎄. 평소 식사량이 적은 사람들은 식사를 적게 해도 별로 효험이 없지만, 나는 평소에 많이 먹다가 조금 줄이니까 금방 다이어트가 되는 것뿐이다. 지금이라도 전처럼 먹으면 금방 살이 찐다."

결국 엄마는 체중을 감량했다. 그것도 4개월 만에 5kg이나.

엄마는 종종 우리 형제들을 놀라게 한다. 어쩌면, 당신의 자식들에게 놀라움을 주는 재미에 엄마가 된 것은 아닐까 싶을 정도로.

엄마의 입버릇을 따라하자면, 그래서 재미가 있다. 엄마가.

하지만 어머니, 5kg 감량에 만족하시면 안돼요. 그것만으로는 금복주의 위기를 벗어날 수 없어요.

회전의자에
얽힌 사연

엄마의 글을 읽다 보면 그동안 내가 알지 못했던 일이 참 많았구나 하고 생각할 때가 종종 있다. 당시에는 내가 어른이 아니었으니 엄마는 나를 상대로 당신의 고민을 말하지 못했겠지만 그것과는 별개로 엄마의 걱정이나 감정의 변화에 참 무심했다는 생각이 든다.

우리 선생님(막내)이 컴퓨터 책상과 회전의자를 택배로 보내왔다. 회전의자도, 컴퓨터 책상도 다 조립식이다. 선생님은 일요일에 집에 내려와 조립해준다고 가만 두라고 했지만 나의 호기심이 일요일까지 기다리지를 못해 오늘 조립을 다 했다.

가게에서 책상 뼈대를 세우고, 유리는 저녁에 집에서 조립했다. 설명서에 명시된 대로 하니 별 어려움 없이 총 43개의 나사못 볼트를 단단히 조일 수 있었다. 다 조립해 놓고 보니 정말 멋지다. 책상의 두꺼운 유리판은 블루컬러로 우선 고급스러워 보이고, 눈이 시원하여 피로하지 않을 것 같다. 회전의자에 앉으니 빙글빙글 도는 것이 재미가 있어 일부러 돌아보기까지 했다. 회전의자를 보니 옛날 생각이 난다. 더불어 아들 자랑도 되겠네.

우리 아들이 전교 수석으로 고등학교에 입학하자 담임 선생님이 나에게 회전의자를 사오라고 하셨다. 그때는 시어머님 슬하에서 살림만 할 때라 내게는 경제권이 없었다. 남편과 시어머님께서 가게를 운영하니 시세말로 삥땅할 여지도 없었다. 지금 같으면 회전의자를 사드리고 말고. 우리 아들이 수석까지 했는데. 하지만 남편에게 말해도 어림도 없는 일이다. 할 수 없이 중고 회전의자를 사서 우리 큰시동생 차에 좀 실어다 드리라고 부탁했다.

나중에 듣기로, 우리 큰시동생은 중고 의자를 가져가긴 했지만, 민망하여 얼굴을 못 들겠더라고 우리 동서에게 말하더란다. 미안한 마음에 '1등을 했으면 학교에서 장학금을 줘야지, 무슨 의자'라고 억지를 부려 보기도 했다. 새것을 못 사주는 내 마음은 오죽이나 미안했을까. 지금이니까 옛말하듯 하지만, 우리 시어른도, 남편도 나에게 용돈을 주지 않았다. 나는 또 자존심에 '더럽고 치사해서 돈 없으면 안 쓰면 되지. 뭐, 별수 있나'라고 생각했다. 돌이켜보니, 남편도 용돈을 안 쓴 것 같다. 남편이 그렇게 아끼지 않았다면 세 아이의 대학 공부를 시켰겠나. 두 아이는 서울로 보냈으니 생활비와 학비가 만만찮았다. 그리고 회비 영수증이 오면 하루라도 늦게 내는 꼴을 못보고 남편에게 독촉을 했다. 밀린 회비를 가져오라는 아픈 추억 때문에 다른 것은 다 참아도 아이들 회비를 늦게 입금시키는 것은 못 참는다.

내가 경제권이 없는 것을 알고 어린 아이들도 나에게 돈을 달라고 떼쓰는 일이 없었다. 그렇게 나는 아이들을 위하여 아무 짓도 안 했는데 지금 내가 필요한 모든 것은 아이들이 다 해주고 있다. 특히 우리 며늘아기는 내가 키워주지도 않았는데, 더 관심 있게 마음을 써주니 우리 아이들에게 정말 많은 빚을 지고 있다.

흔히들 부모에게 빚을 받으러 자식으로 태어난다고 한다. 이 세상에서 빚을 다 갚은 우리 아이들이 다음 세상에서 어머니와 인연지어지지 않으면 어찌할거나? 항상 미안하고 고마운 마음 보낸다.

오! 내 전용 회전의자에 앉아서 내 전용 컴퓨터 책상 위에 있는 글자판을 두들기는 이 기분이 너무 좋고, 재미있고, 그러네.

그 당시만 해도 엄마는 우리 가족 중에서도 가장 낮은 위치에 있는 사람이었다. 단 돈 백원도 당신 마음대로 쓸 수 없었던 당신의 모습을 어떻게 모를까. 그때 이미 나는 여고생이었는데. 그 모습을 기억하고 있기에 엄마가 얼마나 미안해하고 민망해했을지 눈에 선하다.

그 선생님, 애당초 그런 요구를 하지 않았으면 좋았을걸. 아니면 차라리 아주 비싼 걸로 사달라고 하지.

그분에겐 그냥 회전의자였을 것이다. 그것도 공부를 잘 하는 아이의 부모가 기분 좋게 선심 한 번 쓰기엔 딱 좋은 물건. 하지만 엄마에겐 당신의 가난한 현실을 확인시켜주는 물건에 불과했을 것이다. 차라리 비싼 물품이라면 '누구라도 하기 힘들었을 거야'라고 스스로 위로라도 할 수 있었을 텐데.

이제야 그때의 일을 알아 엄마에게 '엄마의 잘못이 아니다'라고 말해도, 엄마는 그깟 새 의자 하나 해주지 못한 기억을 쉽게 지워버리진 못할 것이다. 그때 그 의자는 '그깟' 것이 될 수 없으니까.

철물점에서

엄마는 철물점에 문을 달았다. 아래는 알루미늄으로 되어 있고, 위는 유리로 되어 있어 안쪽에 앉아 있어도 밖을 볼 수 있는 문이다. 문 안쪽에는 한 사람 정도가 들어가 앉을 수 있는 평상도 마련했다. 그곳에다 책 몇 권, 커피포트, 머그잔, 커피 등을 놓아두었다. 책을 읽고, 틈틈이 밖도 내다보고, 이웃들과 한담을 나누기에 부족함이 없는 공간이다. 이로써 엄마는 자신만의 공간을 하나 더 갖게 되었다. 비록 비밀스러운 구석은 없었지만 차 한잔의 여유를 만끽할 수 있는 당신만의 공간. 그런데 그곳에는 생각지도 못한 사람들이 찾아들기도 했다.

#1

읽고 있던 책《왜란 종결자5권》을 덮어놓고 가게 밖에 잠시 나와 있었다. 그런데 술 취한 할아버지 한 분이 저만치 오면서 쌀가게, 천막 가게, 냉장고 가게를 차례대로 들여다보면서 우리 가게 앞쪽으로 오는 것이 보였다.

우리 가게도 저렇게 들여다보려나?

호기심 가득한 마음으로 우리 가게 앞에 세워둔 화물차에 기대어 보고 있는데, 아니나 다를까, 우리 가게도 예외 없이 들여다보고, 입구에 세워둔 물푸레나무 막대를 들고 나온다. 그것도 돈을 받고 팔아야 되는 물건이다.

"할아버지. 그 막대는 오함마(큰 망치) 자루로 파는 상품이에요. 그걸 왜 들고 나와요?"

내가 물었다.

"내가 지팡이 하려고 그러니 한 개만 주세요."

할아버지는 가만 서 있어도 굽어진 허리로 절까지 한다. 그렇지 않아도 물푸레 나무 작대를 잡는 것을 보고 지팡이를 찾는구나, 눈치를 챘다.

"지팡이 하시려면 지금 가지고 있는 것은 너무 굵은데. 이걸 가지고 가세요."

지팡이로 쓰기에 적당한 망치 자루를 드렸다. 허리가 꼬부라지고, 술 취한 할아버지는 또 고맙다고 절을 여러 번 했다.
함마 자루로 지팡이를 삼아 짚고 가는 할아버지는 우리 동네 여인숙에서 홀로 살고 있단다. 저 할아버지도 애기 때와 어린 시절, 젊은 시절이 있었으리라. 제행무상, 제법무아, 열반적정, 아미타불이 절로 나온다.

#2

가게를 하다 보면 다양한 사람들을 접하게 되는데, 오늘은 어느 할아버지께서 "계십니까?"라고 하기에 내가 "예"라고 큰 소리로 대답하니, 문을 옆으로 밀면서 "이렇게 문을 잠그는 것 있어요?"라고 묻는다.
나는 '문고리'를 들고 "이거요?"라고 되물었다.
"맞습니다. 얼마요?"
"500원입니다."
문고리 한 개와 나사못 일곱 개는 작은 못이라서 종이에 싸드렸더니, 할아버지 말씀이 작은 액수인데도 기분 좋게 상대해줘서 고맙다면서 악수를 청한다. 나는 얼떨결에 악수를 했다. 크든 작든 그것은 기본이지. 그러나 할아버지께서 모르는 게 있다. 〈지킬박사와 하이드〉 같은 나의 내면을…….

어느 때는 술, 담배를 많이 하는 아저씨가 물건을 사러 오면 악취를 참으려 물건을 주고 셈을 치를 때까지 숨을 쉬지 않고 해결 할 때도 있다.

한번은 한 쌍의 부부가 물건을 사면서, 남편 되는 아저씨가 나 보고, "아주머니도 삥땅 합니까?"라고 물었다.

"예, 어떻게 알았어요?"

"우리 마누라가 삥땅 전문이거든요."

그 아저씨 마누라가 어이없어 하는 모습이 지금도 생각난다.

많은 사람들이 생김새도, 개성도 천층만층 구만층인 것 같다. 이래서 세상은 살아볼 만한 재미가 있다.

#3

우리 가게에 고객이 전기 제품을 사러 왔다. 3구 콘센트, 2구 콘센트, 플러그, 전기선 장원선, 삼선 형광등 기구 등 하여간 29만원 상당의 가격이 되었다.

십자 형광등과 삼선은 가게에 없어 도매상에 배달을 시켜 놓았는데, 손님은 사장이 물건값을 4시 30분에 은행으로 송금을 해준다고 한다.

"손님, 온라인 송금을 확인하고 물건 가져가세요."

나는 그렇게 말했다.

그러자 손님은 다른 볼일을 보고 4시 30분에 오겠다더니 오지 않았다.
내일 쓸 물건이라고 하니 내일까지 기다려보고, 안 오면 준비한 물건이야 가게에서 팔면 되겠지만, 기분이 참 안 좋다.
나에게 사기라도 칠 생각으로 그랬나?
가게에서 전화로 '사장님, 물건 값을 온라인으로 보내주세요' 그러면서 설레발을 치더니만. 내 통장 번호를 알려달라고도 했다.
장사를 하면서 이런 경우는 처음이다. 우리 남편이 가게를 할 때는 무조건 외상은 사절이었다. 포교원과 청과 시장의 건물을 지을 때도 업자가 일주일 단계로 물건 값을 치를 테니 외상을 하자고 해도 안 된다고 했다. 남편은 외상 장사는 안 하느니만 못하다는 철학을 가지고 있었다. 외상으로 물건을 팔지 않았을 뿐만 아니라 도매상에서 물건을 살 때도 외상을 하지 않았다. 그러다 보니, 남편이 병원에 입원했을 때도, 고인이 되었을 때도, 술값이든 물건값이든 뒤늦게 받으러 오는 사람이 없었다.
누가 그러더라. 그렇게 사는 것이 잘 사는 것은 아니라고.
하지만 나도 그 전통을 이어 외상 장사는 하지 않는다.
하여, 오늘 사기에 휩쓸리지 않았는지 모르겠다.

#4

가게 2층에 오랜만에 올라갔다. 다른 물건을 찾다가 철판 피스와 못 두 박스를 발견했다. 남편이 가게를 볼 때 사 놓은 물건이다. 지금은 나사못을 배달해주는 가게가 없어져서 남은 피스만 팔고 여태껏 지냈다. 어딘가에 있을 도매상을 찾아봐야 하는데 차일피일 미루다 오늘까지 피스 종류는 거의 다 떨어지고 없었다. 그런데 생각지도 못한 피스 20봉지가 나왔으니 정말 반가웠다. 어머, 로또에 당첨된 것 같다.

어디 나사못뿐이겠는가. 여태껏 남편이 사놓은 물건을 야금야금 팔아먹으며 살고 있는 셈이다. 나사못은 한 박스에 10봉지씩 들었는데, 그 나사못을 살 시기에는 한 봉지에 6천원에 팔았다. 마침 이동 철물 차가 왔기에 요즘 시세를 알아보았더니 지금은 한 봉지에 만원씩 한단다.

부자들은 물건을 많이 사 놓아서 오르는 차액으로 부자가 되는 것 같다.

이동 철물 차 기사가 묻는다.

"사장님이 있을 때는 장사를 잘하셨는데, 사모님도 물건을 제대로 갖추고 하면 잘되는 장소인데 왜 장사에 신경 안 씁니까?"

"지금은 학생이니까 졸업하면 제대로 재정비할 겁니다."

"에잇. 칠십이 다 되어서 공부해서 뭘 하려고요? 돈을 벌여야지요."

"아직 칠십이 안 되었어요. 아직 지하철도 공짜로 안 타고, 요금 다 내고 다니는데요."

그렇게 말해도 이동 철물 차 기사는 이해할 수 없다는 표정이다. 머리에 하늘을 이고 있는 사람은 모두 다 지금 공부해서 뭘 하느냐고 반문한다. 일부가 아니고 내가 알고 있는 사람들이 다 그렇다면 그게 정답이지 싶다. 학교 다닌다고 가게 문을 내려놓고 살랑거리고 있으니.

엄마는 주변 사람들에게 곧잘 이런 질문을 받았다. 그 나이에 공부를 해서 뭐 하냐고. 나는 주변 사람들에게 곧잘 이런 말을 들었다. 어머니께서 그 연세에 공부를 하시다니, 대단하시네요.

엄마에게 그리 묻는 사람들 대부분은 누구의 부모이고, 내게 그리 말하는 사람들 대부분은 누구의 자식이다. 하지만 말과 시선의 차이가 곧 세대차이를 의미하는 것은 아닐 것이다. 저마다 다른 인생을 살아왔으니 누구 말이 옳고 그른지 따질 수도 없다. 아니, 따질 거리가 되기나 한가. 어차피 엄마는 타인의 시선과 상관없이 당신의 인생을 살고 있을 뿐인데.

그러던 어느 날, 엄마는 이웃과 나눈 짧은 대화를 블로그에 올렸다.

"형님. 이제 그만 했으면 되었으니 그냥 재미있는 취미생활이나 찾아서 하시고, 공부한다고 신경 쓰지 마세요."

"맞나? 재미있는 일이 뭔데?"

정말, 재미있는 일이 뭘까요?

덩달아 고민했다.

재미있는 일이라는 게 뭘까?

그러게,
어떻게 살림만 하셨대요?

'여자아이가 일을 배우면 다른 곳에서도 일하게 된다.'

엄마는 곧잘 이렇게 말하며 부엌엔 얼씬도 못하게 했다. 여자는 굳이 배우지 않아도 살림을 하게 되어 있으니 당신 품 안에 있는 동안은 손에 물 한 방울도 묻히게 하고 싶지 않다는 것이다. 일찌감치 부엌일을 해야 했던 엄마는 당신의 딸들만큼은 절대로 그렇게 살게 하지 않겠다고 다짐했단다.

그리고 이런 생각도 했을 것이다. '딸들이 시집을 가면 부엌일은 지겹도록 할 것이다'라고. 하지만 엄마의 이런 지론에는 '딸들이 아직 결혼하지 않고 있다는 함정'이 있다. 엄마는 정말 몰랐을 것이다. 당신의 두 딸이 이렇게까지 결혼을 안 하고 당신의 속을 썩일 줄은.

하지만 결혼과 상관없이 살림을 하고 있으며, 배운 적도 없는데 내가 만드는 음식은 엄마의 맛을 따라가고 있다. 엄마가 만들어준 맛을 기억하는 내 혀는 다른 맛을 내려야 낼 수도 없다. 게다가 엄마가 직접 만든 된장, 고추장, 여러 종류의 간장으로 음식을 만드니 당연히 엄마의 맛을 닮을 수밖에.

엄마는 아직도 쉴 틈 없이 일을 한다. 학생이 공부만 하기에도 바쁠 텐데, 없는 일도 만들어가면서까지 한다. 솜이불은 홑청을 다 뜯어내서 빨고, 채소는 다듬어 놓은 것 대신 일일이 까거나 벗겨내야 하는 것을 구입하고, 직접 메주를 빚어 장을 담근다. 하여튼 어느 것 하나 쉽게 재료를 사용하는 법이 없다. 그토록 오랫동안 살림을 해왔으면서 지겹지도 않나?

장을 뜬다고 하면, 우리 아이들은 무슨 뜻인지 모를 것 같아 여기에다 올린다. 이렇게 말하면 설명이 되려나?
장을 담글 때 물 한 들통에 소금이 소복이 올라오도록 세 되를 넣어 소금물을 만들어둔다. 소금물에 계란을 띄워 표면이 500원짜리 동전 크기만큼 동동 뜨면, 메주를 씻어서 단지에 차곡차곡 넣어두고 푹 잠길 정도로 소금물을 붓는다. 그런 다음, 건 고추 몇 개와 불에 달군 참숯을 간장단지에 넣고 40일을 기다려야 한다.

40일이 지나면, 건진 메주를 잘 주물러 된장을 만들고, 간장은 체에 받쳐서 팔팔 끓인 후 식혀서 단지에 넣는다. 단지에 벌레가 못 들어가게 쌀부대 종이로 덮은 후 고무줄로 꽁꽁 묶어놓는다.

큰 항아리에 메주를 넣은 후 소금물을 붓는 날을 '장 담그는 날'이라고 하고, 메주를 건지는 날을 '장 뜨는 날'이라고 한다. 아, 참. 콩을 푹 삶는 날은 '메주를 끓이는 날'이라고 부른다.

도시에서는 유해한 먼지 때문에 장 단지 뚜껑을 열어놓지 못하지만 시골에서는 햇살이 고운 날에 장 단지 뚜껑을 열어놓고 볕을 쪼이게 했다. 그래야 맛이 더 있는데 요즈음은 뭔가 좀 부족한 것 같다. 도시에서는 장 단지의 입구를 고무줄로 묶어두어야만 먼지나 벌레가 드는 것을 막을 수 있다.

이번에 만든 메주는 지난 가을에 친정에서 메주콩을 끓여서 메달아 놓은 그야말로 국산메주다. 노르스름한 햇간장에 숭숭 썬 실파, 다진 마늘, 참기름을 넣고 밥을 비벼먹는 그 맛은, 간장을 담그지 않으면 절대로 맛볼 수 없는 별미다. 햇간장을 뜰 때는 노르스름해도, 세월이 가면 새

까맣게 변하는 것이 신기할 정도다.

그 옛날 내가 어렸을 때는 두레박으로 퍼 올리는 우물을 집까지 한 동이 이고 와 간장을 타서 마시면 시원하여 갈증도 나지 않았다. 그리고 미역과 채 썰은 오이로 우물물에 간장을 넣고 오이멧국(오이미역냉국)을 해 먹기도 했다. 지금은 간장이나 된장을 시장에서 손쉽게 구할 수 있으니 굳이 집에서 담글 필요도 없는 것 같다.

오늘 장을 뜨는데 침을 놓아주는 할매가 된장을 좀 달라고 하여 드렸다. 된장찌개도 집에서 담근 된장으로 만든 것이어야지 구수하고 담백하다. 시중에서 파는 된장은 콩 외에 다른 곡물을 넣는지 많이 달다. 일단 달기부터 하니까 찌개 맛도 달다. 요즘 사람들은 단맛에 길들여진 탓인지 된장 맛을 구별 못하는 것 같다.

엄마가 손이 많이 가는 음식을 해서 가장 이득을 보는 사람은 나일 것이다. 하지만 쉴 틈 없이 일을 하는 건 아무래도 걱정이다. 하물며 주부가 일은 하기 싫고, 턱도 없이 컴퓨터 앞에 앉으면 눈이 반짝거린다. 여태껏 살림살이만 한 게 용하다는 엄마의 글을 읽었을 땐 어이가 없었다.

어머니, 그런 말씀은 일이나 줄이시고 하셔야 될 것 같은데…….

내가 보기엔 일은 일대로 하시고, 게임은 게임대로 하시느라 애꿎은 잠이 피해를 입고 있는 것 같다. 하지만 '여태껏 살림살이만 한 게 용하다'라고 당신 스스로를 평가한 이 말은 엄마와는 다른 의미에서 정말 동감한다.

> 지난 일요일부터 비가 내리더니 법당에 비릿하고 쾌쾌한 냄새가 나기 시작했다. 법당 천장에서 쥐가 우당탕거리면서 뛰어놀기도 하고, 한 번씩 상단에 내려와서 돌아다니며 풍기는 냄새다. 어쩌다 또랑또랑한 까만 눈과 마주치면 아침 예불을 하다가도 웃음이 나와서 참는다고 이빨을 꼭 깨물곤 했는데, 요즈음은 쥐가 안 보인다 싶더니만 오늘 아침에 고양이 울음소리를 듣고 그 이유를 알았다.

천장에서 고개를 내민 쥐의 또랑또랑한 눈과 마주친 것이 우스워 이빨을 꼭 깨물면서까지 웃음을 참고 있는 엄마의 모습이 자꾸만 상상이 되어 나도 웃음을 참을 수가 없다. 세상에, 이런 감수성을 가진 분이 그동안 어떻게 살림만 하고 살았을까.

흔히 시집살이를 귀머거리 삼년, 봉사 삼년, 벙어리 삼년이라고 한다. 엄마는 고추당초보다 더 매운 시집살이를 하면서 그저 누군가의 며느리, 누군가의 아내, 누군가의 엄마로만 지냈다. 그렇게 사는 동안이라고 이 같은 감수성이 사라졌을 리도 없었을 텐데.

부산역에서, 얼큰하게 술에 취한 아저씨 두 사람이 지하철을 탔다. 시끌시끌하게 이야기하는 내용이, 한 사람은 안동에서 부산에 오고, 한 사람은 마중을 나온 것 같았다. 두 사람이 반가워 죽겠다는 듯 크게 웃고 떠들더니, 그중 한 사람이 느닷없이 시(詩) 한 구절을 읊조린다. 참 서정적이라는 생각이 들어 귀담아 들었는데 아쉽게도 한 구절만 여러 번 읊조리고 있었다.

〈구름은 흘러가도 별은 남아 있고, 세월은 흘러가도 추억은 남아 있다〉

지하철 안에서 느닷없이, 정말 밑도 끝도 없이 딱 한 줄만 읊은 것은 그 구절이 몹시 좋아서일까? 아니면, 그 부분만 외울 수 있기 때문일까? 그렇지 않으면, 두 사람은 혹시 흘러간 세월 속에 남겨둔 추억을 공유하고 있는 죽마고우?

하여간 지하철 안에서는 절대로 어울리지 않는 시 같지만 봄비가 보슬보슬 내리는 오늘 날씨에는 어울릴 것 같기도 하여 한 줄이지만 올려본다.

술에 취한 낯선 남자가 읊조리는 시구가 좋았던 엄마는 그 시구를 잊지 않기 위해 전철 안에서 메모를 했을 것이다. 그 아저씨, 누군가 당신의 말을 옮겨 쓰는 것을 알아차렸을까? 전철 안의 누군가가 또 그렇게 낭만적인 추억을 하나 만들고 있다는 것을.

온 세상이 하얗다. 그저 하얗다. 필설로 쓰지도 못할 뿐더러, 형언조차 못하고, 세상에 있는 모든 수식어를 다 꺼내도 이 하얀 천지를 어떻게 표현해야 될지 모르겠다. 그저 하얗다. 하얗다고 할 수 밖에. 밖을 내다보니 옥상 난간에 쌓인 눈이 20센티도 더 되는 것 같다. 자가 있으면 한번 재봤으면 좋겠다.

지금도 눈은 펄펄 내리고 있다. 어머니께 내일 뵈러 가겠다는 약속을 했는데 눈이 고향 길을 막을 것 같네. 내일 일어나면 이 눈이 그대로 있을까, 녹을까. 궁금하다. 있다면 그 눈으로 뭐를 하면 좋을까. 눈사람을 만들까. 뛰어다니기는 좀 뭐 하겠지. 하룻밤 자고 나면 다 젖어서 미끄러울 것 같다. 낮이면 하얀 눈을 하루 종일 볼 수 있을 텐데.

세상이 하얗게 변했다. 지금도 눈은 펄펄 내리고 있다. 우리 가게 천막은 어떻게 되었을까. 왜 아까는 천막 생각이 안 나고 지금 날까. 천막이 무거워져 늘어지면 어쩌지? 걱정과 함께 뜨거운 커피 한잔이 생각난다. 저 하얀 눈과 갈색커피가 어울릴 것 같은데. 밤이라서 아쉬운 점이 참 많다.

그리고 또…….

엄마는 하얀 눈이 펄펄 내리는 풍경을 보고 어쩔 줄 몰라 한다. 이러한 엄마를 볼 때마다 내가 이제껏 알지 못하는 엄마를 엿보는 재미에 이게 무슨 복인가 싶다가도 가슴 한편은 저릿해진다.

어떡하죠? 어머니.

당신을 깊이 알게 될수록 당신이 아까워요. 훨씬 더 빛날 수 있었던 당신의 젊은 날이 아까워요. 눈의 무게를 견디지 못해 늘어질 수도 있는 천막을 걱정하기보다 눈사람을 만들거나 뛰어놀고 싶다는 당신이요. 구름은 흘러가도 별은 남아 있고, 세월은 흘러가도 추억은 남겠지만……. 흘려보낸 구름과 세월이 아까워요. 이미 지나가 잡을 수도 없는 것들인데, 아까워해봤자 소용이 없는 것들인데.

그래도 아까워요.

홀로서기

내 홀로서기에는 건강이 최우선이다. 몸이 아프면 약을 사줄 남편도 없고, 병원에 데리고 갈 자식은 멀리 있다. 아프면 큰일이다. 산에 오면 냄새도 좋고 공기도 좋고 덤으로 건강도 좋아지니까 아무리 어두워도 겁이 안 난다. 지금 이 시간에도 수원지 못을 빙 돌아다니며 달리기를 하는 사람이 수없이 많다. 모두가 건강하고 부지런해 보인다. 정말 존경스러운 사람들이다.

아이들만 홀로서기를 하는 것은 아니다. 품 안의 자식이라고, 아무리 알뜰살뜰 보살펴줬어도 자식은 떠나게 되어 있으며, 그 빈 자리에 당혹감을 느끼는 부모에게도 홀로서기가 필요하다. 그리고 우리 엄마는 이미 홀로 서 있는데도, 홀로 선 채 그 모든 것을 겪어냈는데도, 홀로서기가 필요하다고 말하고 있다. 이런 엄마에게 할 수 있는 가장 진부한 위로의 말은 이렇다.

어머니, 저희가 있잖아요.

하지만 이 말은 진심일지언정 사실은 아니다.

자식들이 혼자 남은 엄마의 건강을 염려하고, 불편함을 살피고, 때로는 생활에 도움을 줄 수는 있어도, 엄마가 인간으로서 가질 수밖에 없는 슬픔이나 외로움, 상실감이나 공허감을 채울 수는 없다. 서로를 사랑하고, 서로를 위로하고, 서로가 있어 든든할 수는 있어도 서로의 인생 그 자체를 통째로 책임질 수 없는 것, 그 사실이야말로 우리가 받아들여야 하는 첫 번째 진실인지도 모르겠다. 그리고 이 진실을 누구보다도 엄마가 먼저 알고 있기에 엄마는 자신에게 주문을 걸 듯 말한다.

혼자서도 잘 놀아.

집에서 혼자 자고, 혼자 밥을 먹고, 혼자 일어난다. 문 밖으로 한 발짝만 나가면 이웃들이 있고, 자주 찾아오는 친척들도 있고, 학교에 가면 친구들도 있지만, 엄마가 혼자 살고 있다는 사실엔 변함이 없다. 아주 많은 것들을 혼자 해내고 있다는 사실에도 변함이 없다. 때문에 엄마는 홀로서기를 준비한다. 그것도 그냥 홀로서기가 아니라 당신이 행복할 수 있는 홀로서기다. 행복한 삶을 위해 무엇을 해야 할지 당신은 알고 있다. 하고 싶은 일을 하는 것, 그 일에서 즐거움을 찾고 꿈을 가지는 것. 다른 이들이 보기엔 그저 육십을 훌쩍 넘긴 아줌마이고 할머니일지 모르지만 엄마 자신에게 엄마는 아직도 무한한 가능성을 가지고 있는 존재다.

그 일환으로 중학교를 다니기로 한 것이리라.

하지만 결국 언젠가 걱정했던 중학교 친구들과의 이별의 날이 진짜 현실로 찾아왔다. 지난 2년 동안 당신이 지금 열네 살이라는 불로초를 먹고 있다며 흐뭇해했던 그 시간들이 아쉽게 가고 있는 것이다. 그리고 이번에도 나는 엄마의 선택에 환호성을 지른다. 단 1초의 망설임도 없이.

#1

고등학교 입학원서를 접수했다. 고등학교에는 '사이버 정보과'와 '미용과'가 있는데, 나는 사이버 정보과를 택했다. 미용은 젊은 학생이 배우면 전문직으로 좋겠지만 내 경우는 배우고 싶어도 나이에 어울리지 않는다. 하긴 이 나이에 어울리는 학문이 뭐가 있을까마는, 이것 아니면 저것 두 가지만 있어 사이버 정보과를 선택했다. 건강도 그렇고, 여러 가지로 상황이 좋은 건 아니지만, 내 살아있는 날까지 학교에 관해서만큼은 다시 후회하지 않으려고 일단 원서를 냈다.

이제 곧 중학생으로서 치르는 마지막 시험이 기다리고 있다. 국어, 국사, 한문, 수학, 과학의 시험 범위를 각 과목 선생님으로부터 받았다. 시험 날을 받아 놓으면, 아무래도 더 열심히 공부하게 된다. 그 때문인지 우리 담임 선생님께서는 날마다 시험을 한 과목씩 치면 좋겠다고 하셨다. 일단 출석률이 100%다. 시험 범위를 알아야 되니까 며칠은 결석하는 동무들이 없을 것이다.

#2

이제 남은 수업은 다음주 수요일까지다. 금요일인 오늘, 영어 선생님, 사회 선생님, 수학 선생님, 과학 선생님께서는 전에 없이 수업을 조금만 하고 다른 이야기를 많이 해주셨다. 수학 선생님께서는 피타고라스 정리, 피타고라스 학파창설에 대한 이야기를 해주셨고, 과학 선생님께서는 LPG(액화석유가스) 와 LNG(액화천연가스)의 차이점을,

사회 선생님께서는 자원이 고갈되어 간다는 이야기를, 영어 선생님께서는 크리스마스 이야기를 해주셨다. 그리고 컴퓨터 선생님께서는 우리들에게 여태까지는 남을 위해 살았으니, 이제부터는 자신을 위해 살았으면 좋겠다고 하셨다. 그런 뜻에서 "우리 학생들은 정말 학교에 다니기를 잘한 것 같습니다"라고 말씀해주시며, 나이가 들어도 머리는 쓰는 만큼 무궁무진하게 계발이 된다고 용기를 주셨다. 내 나이에 계발이 되면 얼마나 될까마는, 학교를 들어온 게 탁월한 선택이었다는 데에는 백 번 천 번 동감한다.

다음주 수요일, 방학과 동시에 헤어지는 것을 서운하게 여기는 건 우리 학생뿐이 아니었나보다. 선생님들도 많이 서운해 하시는 것 같다. 우리 담임 선생님께서는 국어 선생님답게 아름답고 고운 수식어로 장문의 편지를 써서 우리 반 동무들에게 나눠주셨다. '신순화 학생님'으로 시작하는 선생님의 편지는 내 살아있는 그날까지 학창시절의 추억으로 남을 것이다.

얼마나 좋은가? 나에게도, 나보다 더 세상에 오래 머물러 계실 스승님이 계시는 것이.

#3

이번 겨울 들어 처음은 아니지만, 하필이면 졸업식인 오늘 칼바람이 불었다.
우리 아이들이나 친구에게 졸업식 날짜를 알려주지 않았는데, 조일 향우회 모임에서 나도 모르게 말해버렸다. 그렇다 해도 이렇게 마음 써서 축하해주리라고는 생각지도 못했다. 여든이 넘으신 고무님과 회장님, 그리고 집안 오빠이기도 한 운영위원님이 추위 속에 내 졸업식을 축하하러 오신 것이다. 괜히 졸업 날짜를 말했구나. 얼마나 많은 후회를 하였는지 모르겠다.
그분들은 졸업 선물로 도서 상품권 20장과 꽃다발을 안겨주신다. 반갑고, 고맙고, 미안했지만, 마냥 행복한 날이기도 했다.
회장님은 우리 친정아버지의 외사촌이시고, 운영위원장님은 집안 오빠라서 남다른 기쁨이 있음직도 하겠지만, 팔순이 넘으신 향우회 고무님은 어찌나 나를 대견하게 생각하시고 기뻐하시던지. 내가 정말 남들은 하지 않는 공부라도 하는 것 같은 착각에 빠지게 했다.
같은 반 친구는 어르신들을 보고는 누구냐고 묻는다. 오빠라고 했더니 대뜸 "혹시, S오빠가?"라고 묻는다. 몹시 당황해 고향 어르신들 쪽으로 고개를 돌려 보니 다행히도 그 분들은 못 들은 것 같다. 아이고, 깜짝이야.
식이 다 끝나자 어르신들은 우리 담임 선생님께 인사하시는 것은 기본이고 교장 선생님을 만나 뵙겠다고 하신다.
'교장 선생님? 그래도 되나?'
어르신들의 제의를 차마 거절할 수가 없어 결국엔 그분들이 앞장서고 나는 어린아이처럼 쫄래쫄래 따라가는 광경이 벌어지고 말았다. 교장 선생님을 만난 향우회 어르신들은 성인반을 운영해주셔서 감사하다고 인사를 한 뒤 어떻게 2년제로 중학 공부를 마칠 수 있는 건지를 여쭤보신다. 그러자 교장 선생님은 원래 중학교 교과서는 총 열네 권인데 우리 학교에서는 열 권만 가지고 하루 4시간씩 수업을 하는 데다 방학이 짧아 1년에 3학기씩 운영하니 2년만에 졸업이 가능하다는 설명을 해주신다.
'아. 그랬구나. 짧은 기간에 중학교를 졸업하는 게 궁금하셔서 교장 선생님을 만나보고 싶어 하셨구나.'
고무님은 교장 선생님으로 정년퇴임하신 선생님이시고, 회장님은 마산대학 교수님이시다. 그러다 보니 학교 운영방식에 관심이 많으셨던 것이다.
회장님은 회장의 자격으로 점심을 사시겠다고 한다. 그럴 수는 없는 일이다.
자갈치 시장에서 꼼장어구이를 먹은 뒤 나는 주인 아주머니께 살짝 점심값을 냈다. 그런데 식당을 나서자 오빠가 점심값을 나에게 내어놓으신다. 정말 미안하고 죄송하고,

몸 둘 바를 모르겠다.
도서 상품권은 언젠가 향우회에 기부금으로 내면 되겠지만, 오빠의 점심값은 언제 갚을지.

중학교 졸업과 고등학교 입학도 모두 축하드려요, 어머니.
이제 열일곱 살인가요?
어머니 3학년 때 담임 선생님께서 하신 말씀이 생각나네요.

한 학년이 또 올라갔다. 학교에 가보니 언제 바꿔달았는지 우리 교실 문 푯말에는 3~4라고 쓰여 있었다. 우리 담임 선생님께서 하시는 말씀에 우리들은 까르르 웃었다.
"이제 3학년이 되니 더 의젓해 보입니다."
그러고 보니 그런 것 같다는 생각이 든다. 자리가 사람을 만든다고 했던가? 정말 정규반 학생처럼 교실에서 까부는 모습은 중학생에서 더도 덜도 아니다. 그러다 선생님께서 오시면 물 끼얹은 듯 조용해지는 모습은 또 얼마나 웃기는지.

정말인가요?
어머니. 고등학생이 되면 지금보다 더 많이 의젓해지는 건가요?

또 다시
학교로

엄마가 다니는 학교의 정확한 명칭은 부산 부경 고등학교 병설 중·고등학교다. 그러니까 엄마는 부경 고등학교의 병설 중학교를 다녔고, 이제는 부경 고등학교의 병설 고등학교에 입학했다. 중학교와 고등학교의 차이만 있을 뿐, 엄마의 등굣길은 달라지지 않았다. 부전동에서 사하구 장림동까지, 걸리는 시간만 보고도 꽤 멀다고 생각했던 그 길을 엄마와 함께 다녀온 후에는 숨이 턱 막힐 정도로 놀라서 물었다.

"어머니, 어떻게 이렇게 먼 곳을 다니셨대요?"

엄마는 그저 웃었다. 멀지만 멀지 않은 길인 양.

#1

오늘은 고등학교 소집일이다. 졸업한 지 열흘밖에 안되었는데도 학교 가는 길이 왜 이리도 좋은지. 고등학교를 졸업하고 난 후에도 이런 마음일까? 하지 않아도 되는 걱정을 잠시 해본다.

나는 그만 습관대로 중학교 교실 쪽으로 갔더니 안내하는 선배가 고등학교 교실에서 모인다고 한다.

맞다. 고등학교 소집일이지.

복도에서 수학 선생님과 영어 선생님을 만났다. 졸업 후 처음 만나니 참 반가웠는데, 선생님께서도 반겨주신다.

영어 선생님께서 각종 공지사항과 유인물을 나눠주셨다.

입학 날은 3월 4일이다. 그때가 되면 확실하게 알게 되겠지만, 오늘 모인 학생 중에 내 나이가 제일 많은 것 같다.

내 옆에 앉은 학생은 53세라는데, 내가 보기에는 50도 안 되어 보인다. 어서 입학하여 학교에 다니면 좋겠다. 컴퓨터로 게임하는 것과 학교를 다니는 건 똑같이 중독되는 느낌이다. 이러다가 큰일 나겠다. 집안일은 뒷전이고, 게임하고 놀기, 아니면, 학교에 가는 걸 좋아하니 말이다.

#2

첫째 시간과 둘째 시간에는 3학년까지 배울 교과서 스무 권을 받았다. 언제 다 배울지 걱정이 앞선다.

그나저나 우리 반 전체가 미용 예술과로 통일이 되고 말았다. 과학과 컴퓨터, 도덕 시간을 두 시간씩 줄이고 그 시간에 피부미용을 배운다고 한다. 졸업할 때는 졸업장과 함께 미용 면허증을 준다고 한다. 내가 이 나이에 미용 면허증이 무슨 소용이 있을까마는 안 주는 것 보다야 주는 게 백번 좋은 일인 것 같기는 하다.

셋째 시간에는 국어를, 넷째 시간에는 한문을 배웠는데 중학교 때도 우리 반 한문 시간에 들어오신 선생님이시다. 한문 선생님은 작년에 대학을 졸업하고, 처음으로 우리 학교에 부임하셨다. 우리 반에는 나처럼 부경 중학 출신이 많지만 타 학교 출신도 많다.

우리 반 학생수가 35명이다. 오늘 버스를 같이 타서 부산역에서 내린, 나와 갑장인 친구는 당감동에 살고, 나보다 네 살 많은 친구는 민락동에 산다고 했다. 한동갑인 친구는 고등학교 중퇴란다. 진주 부잣집 다섯 딸 중에 첫딸이었는데, 그녀의 아버지가 첫딸을 공부 많이 시키면 동생들도 다 시켜야 된다고, 학교에 못 다니게 했단다. 오빠는 대학 나와서 선생님을 하고 있단다. 그래서 내가 물어

보았다.

"동생들도 다 중학교만 다녔나?"

동생들은 고등학교도 나오고, 대학 나온 동생도 둘이나 된다고 한다. 그러면서 덧붙인다. 그때 자기가 다녔던 고등학교가 간호학교였는데 졸업을 했더라면 양호 선생님은 했을 것이라고.

그렇겠지. 40년 전이면 그랬을 것이다. 참 활달하고 명랑해서 지금은 여행사에 다니면서 자기 학비를 벌고 있단다. 그런데도 아들과 딸들에게 이렇게 말했단다.

"내가 너희들 대학 공부까지 시켰으니 이제 너희들이 내 공부시켜라."

나보다 네 살 많은 형님은 부경 중학교 주간에 다녔는데 지금은 개인 사정으로 야간에 들어왔다. 하지만 곧 주간으로 옮긴다고 한다. 그 형님은 야간에 대해서 잘못 알고 있었다. 몇 시간 공부하느냐고 묻는다. 4시간 한다고 하니 "주간과 똑같네. 그럼 체육은 안 하겠네?"라고 한다. 강당에서 한다고 하니까 또 "주간과 똑같네"라고 한다. 그럼 똑같이 배우지. 어째서 야간은 공부를 적게 한다는 대단한 오해가 생겼는지 모르겠다.

그 형님은 중학교 때 담임 선생님이 누구냐는 내 물음에 담임 선생님의 성함을 모른다고 대답한다. 각 과목 선생님 성명도 물론 모르고 있다. 아마 나도 형님의 나이가 되는 4년 후엔 선생님들의 성함을 깡그리 잊어버릴지도 모르겠다.
형님은 학교를 다니는 건 친구가 좋아서라고 했다.
맞습니다. 맞고요. 우리는 나이가 비슷하고 같은 버스를 타니 친하게 잘 지내봅시다.

#3

학교에서 벌써부터 주민등록등본 한 통과 명함판 사진 여섯 장을 제출하라고 한다. 동사무소에서 등본은 떼어놓았지만 사진은 아직 준비가 되지 않았다. 5년 전쯤 찍어둔 게 있는데 아무리 찾아도 없다. 너무 꽁꽁 숨겨 놓았나? 옛날 필름으로 인화하는 게 훨씬 비싼데도 굳이 찾는 것은 아무래도 그 사진이 조금 더 젊게 보여서다. 찾을 땐 없다가, 필요치 않을 때 느닷없이 나오면 약이 오른다. 오늘은 찾다 못해 우리 학교 앞 사진관에서 명함판 사진을 찍었다.
나는 사진관 주인에게 이렇게 부탁했다.
"학생증에 붙일 증명사진인데, 주름이 좀 약하게 뽀샵을 해주세요."
아쉽다. 옛날 필름을 찾았다면 이런 어처구니없는 부탁을 하지 않아도 될 것을.

오늘 수업은 일본어, 영어, 컴퓨터 2시간이었다. 중학교 때는 선생님들이 우리를 어린아이 다루듯 했는데, 고등학생이 되니 선생님들이 우리를 어른 대하듯 한다.
그러니까 오늘 나는 외국어 수업을 두 개나 들은 격이다. 컴퓨터 수업에는 중학교 때 선생님이 아니고 다른 선생님께서 들어오셨다. 중학교 때 컴퓨터 선생님께서는 정말 인간적이었는데, 오늘 들어오신 컴퓨터 선생님은 시쳇말로 까칠해 보였다. 우리 학교에 근무하신지 15년째시라는데 몹시 젊어 보이고 미남이시다. 배우다보면 또 인간적인 자상함이 나오겠지.

#4

고등학교 학생증을 받았다. 선생님께서는 이름을 익히도록 학생증을 달고 다니라고 하셨다.
이마를 있는 대로 다 내어놓고 증명사진을 찍었다. 이렇게 찍은 것은 생전 처음이다. 항상 애교 머리카락을 살짝 내려놓고 찍었는데. 어쩌다 바람이라도 불어 머리카락이 날리기라도 하면 발랑 까진 이마가 신경이 쓰였다. 그런데 이제는 나이가 들어서인지 이마가 톡 튀어 나오든 길든 별로 부끄러워 할 일도 아니라는 생각이 든다. 그래도 사진관 주인이 뽀샵을 해주었다. 세상에, 얼굴에서 주름이 없어졌다. 참 기술 좋은 세상이다. 하지만 처진 피부는 뽀샵으로도 어떻게 할 수 없나 보다.

솔직히 포토샵으로 손을 본 엄마의 사진은 자연스럽지 못했다. 하지만 이건 비밀. 엄마에게는 대놓고 말하지 못한.

자기 자신의
한가운데
머무는 자

엄마의 블로그 이웃이 이런 글을 썼다.

'이런 분이 제대로 학교를 다녔으면 어떻게 되었을까요?'

엄마는 이렇게 답했다.

'만약 학교를 제대로 다녔으면 좀 더 지혜로운 어머니가 되었을 것 같습니다.'

어머니, 욕심도 많으세요. 여기서 얼마나 더 지혜로워지시려고요?

아메리칸 인디언들이 이런 말을 했다고 한다.

〈지혜로운 사람은 자기 자신의 한가운데에 머문다. 그의 안에서는 모든 것이 언제나 새로 시작된다〉

자기 자신을 세우지 않고서 어떻게 타인을 이해하고 세상을 받아들일 수 있을까. 하지만 자신의 한가운데 머무는 게 말처럼 쉬운 것이 아니라는 것도 안다. 빠르게 변하는 세상에서 자신의 의지와는 상관없이 흔들리기 쉽고, 그만큼 스스로를 응시할 기회를 가지기가 힘들다. 때문에 자신이 원하는 것을 찾기보다 세상의 의지가 원하는 대로 살아가는 것이 훨씬 쉬운 일이 되어버렸다. 이런 세상에서 엄마는 '자기 자신의 한가운데에 머문 사람'이다.

당신을 당신으로 있게 하고, 자존감을 지키고, 인생을 즐기는 힘, 그것은 당신이 지혜로운 자이기에 가능한 일일 것이다. 또한, 세상의 많은 엄마들이 바로 이러한 존재이기에 당신들이 가진 전부를 자식에게 주고서도 아깝지 않다 하는 것인지도 모르겠다. 전부를 주었지만 전부를 받았다고 생각할 정도로 자기 자신의 한가운데에 머물러 있기에. 바로 당신의 안에서 모든 것이 시작되는 존재이기에 자식에게 이런 말도 할 수 있는 것이리라.

내가 이런 음식을 먹는다고 여기에 올리는 것은 우리 아들, 며느리, 두 딸들이 어머니 건강을 걱정하지 말라는 뜻이다. 또한, 혹시라도 먼 후일 내가 죽더라도 잘못 알고 불쌍하니 어쩌니 생각하면서 눈물을 흘리는 일이 없었으면 하는 뜻에서 여기 미리 올린다.

언젠가 엄마에게 이런 질문을 한 적이 있다.

"저희를 위해 희생한 세월이 아깝지 않으세요?"

그러자 엄마는 전혀 뜻밖의 말을 들었다는 듯, 놀란 표정으로 이렇게 대답했다.

"그런 생각은 해본 적이 없다. 그저 너희를 키우면서 내가 할 수 있는 최선을 다했을 뿐이다."

그 순간 깨달았다. 다른 사람도 아닌 당신의 딸이 당신이 최선을 다해 보내었던 시간을 부정하는 질문을 해버렸다는 것을. 무례하면서도 염치없는 질문이었고, 엄마를 알지 못해 나왔던 질문이었다.

엄마는 우리들에게 가르쳐주고 싶어 한다. 당신은 항상 최선을 다해 살았고, 그 최선은 희생이 아니라 당신이 가진 열정의 또 다른 표현이었다는 걸, 다른 사람이 아닌 우리들이 기억해주기를 바란다.

그러니 어머니. 더 이상 어떻게 지혜롭기를 바랄까요. 이미 당신은 내가 알고 있는 세상의 누구보다 지혜로운 사람인데.

그럼에도 나는 당신이 지금보다 훨씬 더 많은 이기심을 가지기를 원한다. 먼 훗날, 당신을 떠올리기만 해도 마냥 좋아 웃음꽃을 피우고 싶은 내 이기심으로.

오전 내내 잠을 자고 영광도서에 갔다. 필요한 책을 사는데 한 시간이 후딱 지났다. 직원들의 도움을 받을 수도 없었다. 매장에는 책을 사러 온 학생들로 꽉 차 자유롭게 움직이지도 못했다. 우선 두 권을 골랐는데 계산대에서도 한참 줄을 서서 기다렸다. 서점에서 빠져나온 후엔, 밀면을 한 그릇 사 먹고, 목욕탕에 다녀왔다. 다이어트로 5kg을 뺀 후 계속 그 몸무게를 유지하고 있어 다행이다. 며칠 전 방심을 하여 체중이 1kg 올라서 걱정을 했는데 오늘 체중계에 올라가 보니 다시 내렸다.

목욕탕에서 나오니 우리 가게 맞은편 신용협동조합 건물에 아주 큰 글씨로 스포츠 댄스라고 써 붙인 간판이 보인다. 헬스클럽이었던 곳인데 언제 스포츠 댄스 학원으로 변했지?

그래, 잘 됐다. 학교를 졸업한 후에는 저 스포츠 댄스도 배울 것이다. 그리고 장구도 배우고. 욕심 많게도 나는 배우고 싶은 게 너무 많다. 그렇더라도 지금은 아니다.

그 자리에 그대로 스포츠 댄스 학원이 있어 주기를 바란다. 무엇인가 생겼다 하면 며칠 안 가서 사라지는 것이 우리 고장의 풍경이다. 아무래도 경제가 살아나지 않은 것 같다.

어머니, 배우고 싶은 건 모두 다 배우세요. 노래를 부르고 싶다면 노래를, 춤을 추고 싶다면 춤을. 만약, 누군가가 또 그 나이에 뭘 그렇게 배우냐고 물으면 이전처럼 당당하게 말씀하세요.

그리고 어머니, 아세요?

쌀집 앞에서 먹이를 쪼아 먹던 비둘기가 바람을 못 이겨 비틀비틀 저만치 미끄러져 가는 모습을 보면서 아침을 맞았는데, 오후에도 비둘기가 서쪽을 보고 날아오다 바람을 못 이겨 동쪽으로 방향을 바꿔 날아간다. 그 모습은 분명 우스운 모습인데 웃을 수가 없다. 너무 추우니까. 사람도, 비둘기도, 바람에 날려 다니는 느낌이다.

웬 바람이 이렇게나 부는지. 부산은 바람만 불지 않으면 겨울도 따뜻하게 보낼 수 있는데. 오늘은 바람이 많이 분다. 다행히 우리 가게는 유리문이 있어 따뜻하다. 난로를 끼고 앉아 뜨거운 커피 한잔을 타 놓고, 친구에게 나의 행복함을 문자 메시지로 날렸더니, 친구는 '작은 것에 행복을 느끼고 긍정적으로 산다'는 답장을 보내왔다.

그럼, 밖은 말할 수 없이 추운데 나는 안에서 따뜻하게 있으니 행복하지 않으면 저만 손해지. 아마도 내 친구는 모를 것이다. 내가 '바보는 즐겁다'는 명언을 얼마나 좋아하는지.

나는 모든 것이 행복하고 고맙다. 우리 큰딸은 큰딸다워서 고맙고, 우리 아들은 슈퍼맨처럼 믿음직스러워 고맙고, 효린이는 우리 며느리가 되어줘 고맙고, 우리 막내는 나의 선생님도 되고 귀엽게 재롱부려 고맙다. 그래서 행복하다. 추울 때 뜨거운 커피를 마실 수 있어 고맙고 행복하다. 고로 바보는 즐겁다. 이 세상의 행복이 다 들어 있는 것이 '바보는 즐겁다'가 아닌가 싶다.

당신이 바보라서 즐거운 게 아닌걸. 당신은 내가 알고 있는 사람 중 가장 강하고 지혜로운 사람입니다. 그래서 이 세상을 즐겁게 볼 수 있는 거겠죠. 그럼에도 당신이 '바보는 즐겁다'가 맞는 말이라고 한다면, 그럴 테지요.

하지만 어머니. 저는 아직 바보의 즐거움을 몰라요. 저는 아직 작은 것에 행복을 느끼지 못해요. 저는 아직 긍정의 힘을 몰라요. 그래도, 당신의 딸이기에 어느 날엔가는 당신처럼 말할 수 있겠지요.

바보라서 즐겁다고.

에필로그

어머니의 수필을 정리하는 작업을 시작할 때만해도 나는 이 작업이 어머니를 알아나가는 과정이라 생각했다. 그런데 정작 내가 본 것은 어머니만이 아니었다. 이 땅의 소시민이자 어머니로 살아온 한 여자의 시선을 통해 또 하나의 세상을 보는 일이었다. 뒤늦게 그것을 깨달은 나는 좁은 시선으로 세상을 보고 있던 나의 무지를 살피게 되었다.

내 무지에는 고향 동네도 들어 있다. 매년 고향집을 찾지만 이상하게도 고향 동네는 어린 시절의 기억만으로 저장되어 있다. 온전히 어머니를 보기 위해 찾은 동네라 그 외의 것을 보지 않으려 했기 때문일 것이다.

실제로 어른이 된 후로는 골목 안쪽까지 들어가 본 적도 없고 새로 변신한 구름다리 위를 올라가본 적도 없다. 동네 어귀에서 집까지 몇 걸음 걷지 않아도 되는 짧은 길조차 눈여겨보지 않았다. 심지어는 철물점에 있는 어머니만 보았을 뿐, 철물점 구석구석을 살펴보지도 않았다. 그러는 와중에 철물점을 접는다는 소식을 들었다. 얼마 후 그 자리에는 슈퍼마켓이 들어섰다고 했다.

출판사에 원고를 넘기고 부산 집을 찾았다. 밤늦은 시간에 도착했는데도 가게는 환한 빛을 내뿜고 있었다. 투명한 유리문 안으로 가지런한 진열대와 정돈된 상품들이 보였다. 주인이 바뀐 공간은 수십 년의 기억을 하루아침에 잊어버린 듯 시침을 떼고 있었기에 어쩐지 나는 서운했다. 보다 이전에 내 마음이 먼저 그곳을 떠났음은 생각하지도 않고.

다음 날 아침, 사진기를 들고 골목 안쪽까지 들어가보았다. 기억 속에는 분명 철대문이었던 곳인데 이제는 은빛 알루미늄 문이 달려 있다. 골목에서 나와 이전보다 훨씬 흉물스러워진 구름다리 위를 올라가보았다. 부전역에서 시작된 철길은 여전히 멀리, 아주 멀리까지 뻗어 있었고, 철길 주변으로는 무성한 풀들이 깊은 숲 속의 이끼마냥 제멋대로 자라나 있었다. 그리고 좁은 길목과 옹기

종기 붙은 나지막한 집들로 이루어진 동네가 적나라하게 드러나 있는 것도 보였다.

많은 것이 변했고, 또한 많은 것이 변하지 않았다. 더 좋게도 변했고 더 나쁘게도 변했다. 하지만 그 원형은 변하지 않았고, 이제까지의 내 기억도 변하지 않았다. 구름다리 위에 서서 무엇이 어떻게 변했는지, 정말 내가 사진기에 담아두고 싶은 것이 무엇인지를 곰곰이 생각하다 멀리 내다보이는 백화점과 대형마켓 건물에 시선이 갔다. 겨우 20여분 거리에 있는 길에는 우리 동네와는 다른 시대에 살고 있는 것 같은 건물들이 생뚱맞게 펼쳐져 있었다. 나는 이제야 놀란 토끼눈을 하고 이 풍경들을 보고 있지만 오래 전부터 구름다리는 이러한 풍경을 품고 있었을 것이다. 정말로 나는 이 동네를 멈추어버린 기억 속에 가두어 두고만 있었나 보다.

하지만 어머니의 시선은 여기에서도 끊임없는 변화를 겪고 있다는 것을 말해주고 있었고 그 시선의 중심에는 내가 보지 못했던 사람들이 있었다. 사람으로 살아도 사람을 모르고, 사람을 보고 있어도 사람을 보지 못하는 건 다만 무지함 때문만은 아닐 것이다. 무지함은 때로 무심함이 만들어낸 결과물이기도 하니까.

지금 어머니는 고등학교까지 졸업하시고 한국방송통신대학 국어국문학과에 재학 중이시다. 건강이 허락하는 한, 계속 공부를 하고 싶다는 어머니는 여전히 많은 이야기를 담아 두고 있다. 그로 인해 나는 아직도 어머니가 궁금하다. 하지만 정말 내가 궁금해 하고 있는 것은 어머니의 시선으로 보는 세상인지도 모르겠다. 사람이 살고 있는 곳에 사람이 있다는 것을 말해주는, 어머니의 그 세상이.

엄마의 비밀정원

찍은날	1판 1쇄 | 2013년 01월 03일
펴낸날	1판 1쇄 | 2013년 01월 10일
지은이	신순화 김미조
그린이	이나영
펴낸이	최웅림
기획·편집	임윤정
편집·디자인	전현주
펴낸곳	나비장책
출판등록	제406-2006-00001호 | 2006년 1월 4일
주소	경기도 파주시 문발동 파주출판도시 532-2
전화	031 955 7600
팩스	031 955 7610

이 도서의 국립중앙도서관 출판시도서목록(CIP)은 e-CIP 홈페이지(http://nl.go.kr/ecip)에서 이용하실 수 있습니다.
(CIP제어번호 : 2012006187)